噬血狂襲

STRIKE THE BLOOD

9 黑劍巫

三雲岳斗

illustration マニャ子

Kadokawa Fantastic Novels

姬柊雪菜
「劍巫」Swords-Shaman
獅子王機關的嬌柔監視者

曉古城
「第四真祖」The Fourth Primogenitor
世界最強的「怠惰」吸血鬼

江口結瞳
「夢魔」Succubus
稚嫩的「夜之魔女」後繼者
曉凪沙
「眞祖之妹」Sister of Primogenitor
天眞爛漫而聒噪的賢妹

藍羽淺蔥
「電子女帝」Cyber Empress
華麗任性的電腦天才女高中生

妃崎霧葉
「六刃」Six-Blade Priestess
霸道而美麗的黑影魔槍使用者

煌坂紗矢華
「舞威媛」Shamanic War Dancer
優雅起舞的魔彈射手

Contents

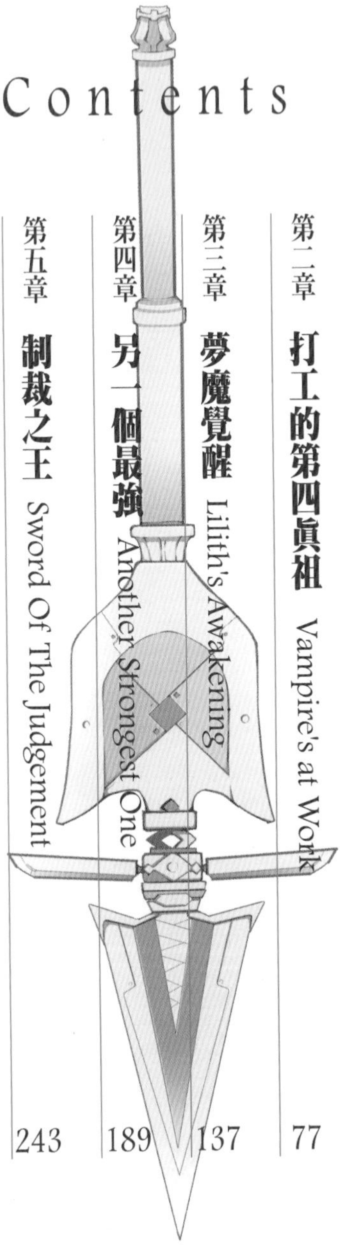

噬血狂襲

STRIKE THE BLOOD

9 黑劍巫

三雲岳斗
illustration マニャ子

Kadokawa Fantastic Novels

序章

Intro

壓克力窗外是整片濃密的黑暗。

深海中的夜晚——

令人窒息的寂靜及寒意隔著鈦合金船體傳來，一點一滴使肌膚繃緊。

投光燈照亮的，只有雪花般大量落下的浮游生物屍骸。潛水調查艇「灰鯖鮫」正持續朝著陽光無法伸及的深海底部下潛。

「潛航深度多少？」

口氣不耐煩如此問道的是穿著藍色潛航服的艇長。隸屬民營潛水調查公司的他是具備近十年潛航經驗的老手。這名性格開朗的男子本來總是玩笑話說個不停，今天心情卻十分惡劣，甚至散發出一股肅殺的怒氣。

年輕舵手彷彿怕了艇長那樣的態度，規規矩矩地回答：

「超過四千公尺了。離潛航極限還剩兩千五百公尺。」

「……真的沉在這種地方嗎？那玩意。」

艇長看似不快地嗤之以鼻。

他們受託調查的絃神島東方海域最深處，水深超過九千公尺。目前能潛到那種深度的潛水艇屈指可數，對人類而言算是禁忌的領域。

「神話時代的活體兵器嗎……能在這一帶找到那種玩意的殘骸，這風聲是打哪來的？反正八成是沒根據的謠傳吧？」

「誰知道呢。搞不好是從半魚人（Merman）那裡聽來的喔。」

「……半魚人？」

「哈哈，開個玩笑啦。只不過這次委託人是『魔族特區』的企業吧，既然如此，就算對方認識那種族群，我想也不會太奇怪。」

「的確，要是他們能順便把這種無聊的差事委託給那些傢伙去做就好了。」

艇長撂下話，深深地發出嘆息。

打造於遠古時代的活體兵器留下的形跡——那正是這次「灰鯖鮫」受託搜索的目標，太荒誕的工作內容就是艇長不愉快的原因。

基本上，建造潛水調查艇「灰鯖鮫」的目的是為了調查深海生物的生態系或進化的奧祕，發掘連是否存在都不確定的骨董品，顯然不是它原本的任務。

「不管怎樣，我想那實在不是值得花這麼多費用去找的玩意。聽說『天部』那些人遺留下來的古代兵器（納拉克維勒）還不是一下子就被特區警備隊打爛了？」

「艇長是說黑死皇派帶來絃神島的那玩意嗎？哎，要聊八卦的話，我也聽說摧毀了那個的其實是第四真祖啦……如果是那樣，太小看古代兵器好像也不對……嗯？」

探頭看向探索螢幕的舵手突然疑惑地皺了眉頭。

艇長一臉納悶地看著他問：

「怎麼了？」

「地形數據有不吻合的部分耶……就是這邊，看得出來嗎？」

舵手指的螢幕上顯示著經ＣＧ處理過的海底地形，以３Ｄ影像重現的，是過去調查中獲得的地形數據，而粗糙的線框圖是「灰鯖鮫」靠聲納取得的即時資訊。原本應該要一致的兩種數據卻產生了詭異的落差。

海底有一塊寬度橫跨數公里的些微隆起。

「看來也不像聲納受到變溫層影響而失常。難道海底出現了異常隆起？」

「不對……這塊海域並沒有火山活動的跡象。更重要的是，這種形狀……簡直就像某種生物一樣……」

「生物？」

哪會有那種蠢事——艇長瞪著臉色發青的舵手，口裡冒出驚呼。然而，螢幕顯示出的聲納解析圖像在這段期間，仍不規則地時時刻刻晃動著。

那副模樣看起來確實很像爬行於海底的生物。

全長達數公里的鱷魚或蛇——甚至像是巨龍的模樣。

「有這種生物還得了……未免太巨大了……這樣簡直……真的和神話裡的生物一模一樣不是嗎……！」

艇長拚命說服自己，而在他的旁邊，舵手突然發出慘叫。

隨後，一陣爆炸般的激流撲向潛水艇。

伴隨著海面下四千公尺水壓而來的猛烈深海波——

緊鄰海底出現的強大渦流將「灰鯖鮫」擺弄得有如風中一葉，保護駕駛座的耐壓殼體正吱軋作響地發出哀號。

渦流的源頭顯然不需多做確認。是來自怪物。沉在海底的巨大怪物微微挪身了，光是如此就讓周圍產生驚人的衝擊波。

「確……確認有活體魔力的脈衝！這傢伙……居然是活的……！」

拚命抓緊座位的舵手大叫。

全長達數公里的超巨型海中生物，太過背離常識而荒謬的存在。然而，那已實際出現在他們眼前，並散播著壓倒性的破壞及恐懼。

「閃避……！緊急閃避！快點上浮！」

艇長忍不住大吼。然而「灰鯖鮫」的船體在海中受到劇烈搖晃，連分辨上下的能力都沒

了。緊急上浮用的壓艙物已經分離，但在這波猛烈的渦流中應該幾乎沒有效果。

接著在下個瞬間，彷彿被某種巨大物體夾住的「灰鯖鮫」停下了。

船體隨著令人發毛的震動而裂開，耐壓殼體冒出怪異聲響。

「超……超出耐壓極限！船要壓壞了——」

「在這種水深嗎……！」

舵手的慘叫讓艇長倒抽一口氣。「灰鯖鮫」的潛航深度極限在這個狀況下仍遊刃有餘，尤其考量到乘員安全，耐壓殼體設計得能輕鬆承受水深一萬公尺的水壓。「灰鯖鮫」這樣的船體正逐漸被龐大力量擠扁。

「艇……艇長！」

「難道……」

照亮艇外的投光燈被破壞，四周為黑暗包覆。在這之前，最後一道光芒照出的是整排宛如岩礁的無數尖牙——

將潛水艇「灰鯖鮫」夾住的原來是龐然怪物的下顎。

「難道……我們是被牠吞進去了……！」

艇長茫然嘀咕。

「灰鯖鮫」的耐壓殼體在這句話脫口成聲前就碎散了。他們還來不及感受海水的冰冷，意識已沉入深邃黑暗的底部。

月齡一。既朔之夜——

†

在迷宮般錯綜複雜的地下道，她們倆不停奔跑。

一個是十分嬌小的少女，以年齡來看相對給人穩重的印象，但還是遮掩不了五官的稚嫩。她恐怕還是小學生，頂多十一二歲。

她穿在身上的是兩件式藍色泳裝，外面只加了寬鬆的連帽外套。一雙赤腳連沙灘涼鞋都沒有穿，看了甚至令人心疼。

「還能跑嗎？」

牽著那個小學生的則是個十六七歲左右的高䠷少女。

修長的手腳及妍麗容貌，髮色偏淡的長髮紮成一束馬尾。她握在右手的是厚刃銀色長劍。少女或許受過特殊訓練，明明跑了相當長的距離，呼吸卻沒有一絲紊亂。

「可以……不過……」

穿泳裝的小學生語氣無助地停下腳步。

擋住她們去路的是以銀色鐵框構成的閘門。為了防止魔獸脫逃的牢固鐵框並非兩個柔弱少女奈何得了的貨色。

可是，馬尾少女從容地望著那牢固的閘門，淺淺地笑了出來。

「不用擔心，我絕對會讓妳逃出這裡。因為那就是我的任務。」

她說著舉起銀色長劍，朝擋住去路的閘門隨手揮下。感覺並沒有使勁，劍法好似起舞般優雅。

光是如此，她眼前的鐵框就一口氣被斬斷了好幾道。

閘門產生的縫隙並不算寬，但要讓她們鑽過已經綽綽有餘。少女馬尾一甩，靜靜地收起長劍。

「大姊姊……妳到底是誰？」

穿泳裝的小學生那年幼的臉龐露出訝異的表情。馬尾少女鑽過閘門的縫隙並回過頭，略顯得意地對她笑了。

「——我叫煌坂紗矢華，是獅子王機關的舞威媛喔。」

「舞威媛？」

「就是要阻止大規模魔導災害及魔導恐怖攻擊的特務機關探員……對了，要說得好懂一點的話，應該類似正義的魔法少女吧。」

紗矢華說明時帶著演戲的調調，還一臉神采飛揚地挺起胸口。

小學生面無表情地望著這樣的她，有些冷淡地嘆了氣。

「魔法少女是嗎……唉……」

「咦？奇怪？妳該不會傻眼了吧！」

「呃，不說那些，我們被警備人員發現了耶。」

點出問題的小學生態度就像在應付把自己當小孩對待的傻大人。

唔──紗矢華在嚴重沮喪之後又打起精神抬起頭。她轉向警備人員所在的方位，平舉銀色長劍。

「不……不要緊。不過，妳稍微退後一點點。」

紗矢華向前踏出一步，並且讓手裡握著的長劍變形。銀色劍刃分為前後兩截轉了一百八十度，轉換成現代西洋弓的面貌。那是獅子王機關的試作型可變式制壓兵器「六式重裝降魔弓（Der Freischütz）」原本的面貌。

紗矢華從藏在裙襬底下的箭套抽出伸縮式飛鏢，然後拉長變成一支箭。

「『煌華麟』！」

西洋弓的弦被拉滿，隨後紗矢華便放出銀箭。

那並非普通的箭，而是會轟鳴作響的嚆矢，為了催發憑人類聲帶及肺活量不可能唱誦的高密度咒語才用上的特殊咒箭──不過若是對付普通人，光是那爆炸性的大音量就足以構成威脅。

綻放的轟鳴聲和衝擊波在狹窄的地下道迴盪，一舉掃過預先埋伏的警備人員，令他們不醒人事。咒箭筆直地一路疾飛，射穿了位於地下道出口的門扉。

「好厲害……」

小學生目睹咒箭的威力，發出驚嘆之語。她直率的反應讓紗矢華露出安心的臉色說：

「哎，辦得到這點小事是當然的啦。我都說自己是魔法少女了嘛。」

「啊？這只是咒術吧？就算這樣我也覺得滿厲害的就是了。」

唔唔──被對方冷冷回嘴的紗矢華當場縮成一團。隨後模樣落魄的她忽然又換成一副正經臉色。

「妳會游泳嗎？」

地下道出口後頭有寬度約十公尺的狹窄水道。那是設在人工島內的觀光用運河，只要渡過那條運河，應該就能逃到這座設施的外面。

幸好運河的流速平緩，要游過去並非不可能。比起硬闖設施正門，危險恐怕也比較小。

「游泳我很拿手，我能游五十公尺。」

泳裝少女露出自信的表情回答。

紗矢華貌似放心地點頭，然後取出一片薄薄的金屬片。那在她的手掌上改變形體，化為小鳥的模樣——一具靠咒術賦予須臾生命的式神。

「太好了。那麼，不好意思，妳先走吧。渡過運河以後，接下來這隻小鳥就會帶妳到安全的地方。」

「……大姊姊妳呢？」

「我會立刻趕上去，不用擔心。」

紗矢華將西洋弓變回長劍的模樣，堅定地笑了。接著她像是忽然想起什麼一樣，從懷裡拿出了一張照片。那是一張曾經粗魯地撕掉，之後又細心地用膠帶黏好，讓人感受到物主心境轉變及情節之複雜的照片。

「……但是，如果妳沒有順利與我會合，就去見這個男人。」

「曉古城……先生？」

從紗矢華那裡接下照片的小學生納悶地歪著頭反問。

照片上拍的是個穿高中制服的少年，背面則有他的個人資料以暗殺必備情報的名義詳載在上頭。

「嗯。他是個又蠢又下流還到處染指女生的正牌變態兼笨蛋，不過要說的話，勉強也算有優點啦……」

「——他是大姊姊的男友嗎？」

解釋起來像在找藉口的紗矢華被明眼的小學生仰望著問了一句。

瞬時間，紗矢華滿臉通紅地用力搖頭否認：

「男……男友？不……不是啦，我們還不是那種關係……！」

「……還不是？」

「沒……沒有啦，那傢伙只算附屬品，簡單說呢，有個負責監視他而且可愛得像天使一樣的女生肯定會幫妳——！」

「這樣啊……呃，恕我多嘴，我覺得妳有時也要坦然面對自己的想法比較好耶。」

「就跟妳說不是那樣了嘛！總……總之妳快點走啦！」

小學生冷靜提出建議，讓紗矢華狼狽不堪地硬是把她推往運河的方向。泳裝少女一語不發地嘆息，用腳尖試過水溫以後下定決心似的跳進運河。

小學生表示對游泳很拿手的那句話似乎並不誇張。她無驚無險地用自由式游到了對岸。

「……好啦，接下來——」

紗矢華目送少女的背影片刻，然後便舉起劍將視線轉到後面。

她們倆一路走來的地下道深處傳來了別人的腳步聲，大概是來抓泳裝少女回去的追兵。

不過追捕者散發出的動靜只有一人份，從那規律的腳步聲甚至能感受到一股奇特的從容。

「居然被小學生說教，獅子王機關的舞威媛還真是顏面無光呢。」

終於現身的追捕者帶著些許笑意開了口。

追捕者的真面目是個年輕女性，恐怕和紗矢華屬於同年齡層的少女。

她留著古風的烏黑長髮，身穿的高中制服也是黑色。儘管外表美得在昏暗中也能看清楚，不過也許是因為眼神看來憤世嫉俗，給人一種莫名冷漠的印象。

「那是她誤會了啦……！等等，妳都聽見了對不對！」

顯露出敵意的紗矢華嘀咕。黑髮少女回望這樣的她，忍俊不禁地說：

「非法入侵者講話被偷聽個一兩句就抱怨，這才叫不合道理呢……妳說是嗎？」

「我倒覺得罪犯沒道理惡人先告狀耶。」

紗矢華說著將劍尖指向少女。

黑髮少女沒有拿武器。即使如此，她仍然眉頭動都不動一下，朝持劍的紗矢華走近，態度就像在挑釁要紗矢華隨時放馬過來。

「這樣正好。我恰巧想問你們久須木幸福企業，拘禁那麼小的女孩子打算做什麼？」

紗矢華持劍擺出正眼的架勢，靜靜地拿捏敵我間距。

只差一步。在黑髮少女踏出下一步的瞬間，紗矢華就能攻擊到她。

可將任何防禦連同空間一同斬斷的「煌華麟」就能攻擊到對方──

「獅子王機關的六式重裝降魔弓……刻印了擬造空間切斷術式的制壓兵器試作品啊。那確實是威力強大的武神具──」

黑髮少女驀地停下腳步，優雅地露出微笑。隨後「噠」的蹬地聲輕輕響起，她的身影消失無蹤。

「咦！」

結果，先發動攻勢的是黑髮少女。她在瞬間鑽到紗矢華面前，一計凌厲的膝撞和穩重身段形成對比，就這麼頂了過來。

紗矢華以雙臂勉強擋下其攻勢。當然，她用不了劍。由於被對方欺近，靠武器取得的攻擊範圍優勢已經徹底失效。

「在這種距離下，妳不可能用六式攻擊對吧？」

黑髮少女朝紗矢華耳邊細語。紗矢華回不了嘴而咬牙切齒。「煌華麟」的擬造空間切斷術式，在和敵人緊貼的這種狀態下並無法發動，因為太過強大的空間龜裂會傷及身為施術者的紗矢華本身。

「唔，既然如此──！」

紗矢華閃過對手的連續攻擊並取出咒符。那是用來化為戰鬥用式神的金屬薄片。可是在將咒力灌輸給式神之前，少女已經用手刀劈向紗矢華的左手。

衝擊令紗矢華的手腕一陣麻痺，咒符四散飛舞在空中。

「舞威媛的裝備特化於詛咒及暗殺，不擅長應付隻身肉搏呢。我有沒有說錯？」

少女接連出招的同時仍饒舌地向紗矢華搭話。

與其說她樂在其中，氣氛更類似考生和朋友一起對模擬考的答案。她那樣做感覺也像在評定紗矢華的能耐。

「——那可不一定！撼鳴吧！」

紗矢華以巧勁卸去少女的攻勢，然後釋出催生已久的咒力。

離開紗矢華手心飛舞的數道咒符頓時齊頭幻化成猛禽的模樣。它們擁有銳利如刀的爪子及嘴喙，是一群金屬製的猛禽。

「透過壓縮唱誦來遙控術式發動……原來如此，有一手……！」

黑髮少女受式神襲擊，縱身退後。要同時對付六具式神，就算是她也無法貼近紗矢華。

紗矢華趁機又將「煌華麟」變形成西洋弓。

儘管惱火，對手在肉搏戰方面確實技高一籌。趁著式神拖住黑髮少女的空檔，紗矢華打算靠咒箭的衝擊波一舉癱瘓其戰力。

哪怕用魔法防禦，能承受「煌華麟」直擊的頂多只有南宮那月那樣的魔女或吸血鬼真祖。黑髮少女手無寸鐵，理應擋不住紗矢華的攻擊。

這樣就結束了——如此心想的紗矢華拉滿弓。

就在下一刻，黑髮少女從全身綻放出裂帛般的氣勢。

「——火雷！」

原本襲擊她的那些式神像是被透明的鐵鎚痛擊般同時彈飛了。

少女是利用凝縮如子彈的高濃度咒力擊落那些式神。

「什麼……！」

紗矢華立刻放出咒箭。然而，黑髮少女早一步繞到了紗矢華背後。錯失目標的咒箭爆炸，將地下道的牆轟垮。

紗矢華的臉焦躁得皺在一起。

但是她焦躁的理由並非出於咒箭失準爆炸。

紗矢華認得黑髮少女用來擊落那些式神的那一招戰技的底細。正因為如此，紗矢華才會心慌。

黑髮少女所用的肯定是「八雷神法」——可將增幅的咒力轉換成物理攻擊力，專門用以對付魔族的咒式戰鬥術。那是為了徒手制伏魔族才創出的一種極為特殊的咒式戰鬥術。

而且會用那種招式的，就紗矢華所知只有一種人，那就是獅子王機關的劍巫。「八雷神法」是屬於劍巫的招式。

「那一招……難不成，和雪菜系出同門……！」

紗矢華將變回長劍模樣的「煌華麟」朝背後橫掃。

但是黑髮少女的速度更快，她背對背將體重靠到紗矢華身上。在彼此全身緊貼的這種態勢下，一般來說是無法發動攻擊的，然而——

「——柝雷！」

極近距離下釋放出來的爆炸性衝擊將紗矢華修長的身軀震飛了。

黑髮少女使用的是將咒力轉換成物理攻擊力的零距離衝撞。內臟遭受劇烈衝擊，讓紗矢華連聲音都叫不出來就滾到了地上。

「……妳怎麼會用……劍巫的招式……！」

痛苦喘氣的紗矢華擠出聲音問了。

黑髮少女什麼也沒回答，只是默默低頭看著趴倒在地的紗矢華。

少女手握銀色長劍——「煌華麟」。

紗矢華以外的人應該無法使用空間切斷術式，但是在這種情況下也用不著祭出那一招。

少女只需揮下劍，應該就能要了紗矢華的命。

「妳也是……劍巫嗎？」

紗矢華聲音沙啞地問。

不——少女搖頭。

「我是六刃——劍巫的影子。」

少女口氣淡然地報出名號。

聽到那句話之前，紗矢華的意識就淡出在黑暗中了。

第一章 樂園島

Blue Elysium

1

被水沾濕的混凝土反射陽光，顯得蕩漾閃爍。

彩海學園的校舍後頭，放學後受下午陽光照射的室外游泳池。在水放空的游泳池底，手拿長刷杵著不動的人是身穿體育服的曉古城。

古城仰望蔚藍刺眼的天空，深深發出嘆息。

「……好熱。」

忍不住脫口的嘀咕溶入了蜃景晃悠的空氣中。

寒假前夕，游游池要做半年一度的定期清掃。池畔因水垢變得黏黏滑滑，磁磚熱燙，紫外線不停射下，一點一滴剝奪古城的體力。

「的確，氣溫比往年還高呢。畢竟今年好像是暖冬。」

口氣認真地答話的，是站在游泳池畔的姬柊雪菜。

穿著國中部制服的轉學生少女，真面目是政府特務機關為了監視古城而派來的攻魔師——獅子王機關的劍巫。

這樣的她目前手上也沒有平時那只裝長槍的吉他盒，而是拿著藍色橡膠管朝池畔灑水。被水花圍繞的她看起來很清涼，和悶得滿身大汗的古城形成強烈對比。

古城一邊羨慕地望著和彩虹嬉戲的雪菜一邊一臉空虛地搖頭說：

「氣溫超過三十度還只用一句『暖冬』帶過，未免太勉強了吧……等等，話說回來現在真的算冬天嗎？假設現在是夏天，當然就沒有寒假，所以游泳池也不用打掃吧？」

「……就算學長這麼說，本土依然是冬天喔。而且十二月都過一半了。」

雪菜認真地否定古城那些帶有逃避現實味道的妄言。

絃神島是建造於東京南方海上三百三十公里處的人工島，一座浮在太平洋正中央、四季常夏的「魔族特區」。

「依絃神島的緯度，只是因為日照量多又有海流和風的影響，所以才會熱啊。像今天的天氣就特別好呢。」

「為什麼在天氣那麼好的日子，我必須一個人在這裡打掃游泳池？」

古城無精打采地倚著長刷的刷柄，自言自語地如此問道。

雪菜望著古城，愣愣地眨了大眼睛。

「這是用來抵消補課的吧？因為學長老是遲到早退，出席天數不夠。」

「我又不是因為自己高興才蹺課的……只是有幾次差點沒命，有時還被棄置在無人島，或者被關到異次元而已……」

託詞意味濃厚的古城又抱怨了。

實際上，被轉嫁「世界最強吸血鬼」這種荒謬的體質以後，古城會擅自缺課幾乎都是出於不可抗力——被捲入有關魔族的大規模風波所致。

或許班導南宮那月正是知道其中隱情，才會用打掃游泳池這種程度的懲罰來發落出席天數不夠的古城。

「就算這樣，大熱天的要我獨自打掃游泳池……是在霸凌吸血鬼嗎……」

古城一邊擦去額頭的汗一邊環顧水放空的游泳池。那是常見的二十五公尺制游泳池，不過要獨力打掃，感覺就會寬廣得恐怖。

雪菜望著完全失去幹勁而頹喪的古城，傻眼似的微微嘆氣說：

「別沮喪了，快點打掃完吧。我也會幫忙學長。」

「好……好啦，不好意思，姬柊。」

「不客氣。」

脫掉鞋襪打赤腳的雪菜拿著橡膠水管來到泳池中。古城也不得已地重握長刷，開始拚命刷洗沾在池底的髒污。

「不過今天真的好熱喔。難得來游泳池，可惜沒辦法游泳。」

雪菜望著腳邊的小小水窪，動作可愛地聳了聳肩。一瞬間，古城被那樣的她勾住視線，開口提到：

「對喔，感覺妳滿擅長游泳的吧，姬柊。」

「是嗎？在高神之杜也有水中戰的訓練，所以我想我多少會游就是了。」

「……水中戰？」

妳對游泳的標準倒與我所認知的不太一樣——古城感到困惑。附帶一提，高神之杜是雪菜過去居住的設施名稱，對外名義為關西地區的住宿制名門女校，不過事實上似乎是獅子王機關的攻魔師培育機關。

「學長又怎麼樣呢？對於游泳。」

「呃……妳想嘛，我是吸血鬼啊，以體質來說和『水』不太合……」

一被人反問，古城不由得閃爍其詞。雪菜望著他生硬的舉止，有些難以理解地說：

「吸血鬼無法渡過流水的說法，應該算迷信耶……」

「是……是這樣嗎？」

「是的。雖然像霧化一類的特殊能力會受限，而且視眷獸的屬性，也可能會碰到無法召喚的情形。可是以肉體而言，應該和普通人沒有太大差別才對。」

「呃，不過妳想嘛，魔族也有個體上的差異啊。」

雪菜瞇著眼，靜靜凝視著拚命想自圓其說的古城。

「那個……學長，你該不會……」

「沒……沒有啦，我並不是不會游泳喔！只是不太擅長而已！」

「如果學長願意，下次有機會要不要讓我教你游泳的技巧？畢竟世界最強吸血鬼要是不會游泳，以形象來說好像有問題耶。」

「我沒說自己不會游泳吧——！」

雪菜出於關心的提議讓古城又拚命反駁。

看到古城被逼急的模樣，雪菜嘻嘻笑了出來。和不會游泳的事實相比，古城那種硬要掩飾的態度大概更讓她覺得有趣。

「我明白了，就當作是那樣吧。」

「唔……唔唔。」

古城歪著嘴嘀咕。雪菜低頭偷偷笑了一會以後，才忽然像是想到了什麼一樣抬起頭。這麼說來——她一下子換了個語氣開口：

「最近常常看到游泳池的宣傳廣告呢。記得有專用的人工島落成了。」

「啊，妳說蔚藍樂土嗎？昨天娛樂節目也播過特輯。」

古城一邊感謝雪菜改變話題一邊急著接話。

蔚藍樂土——Blue Elysium，是建造於絃神島近海的新型增設人工島。儘管它的半徑不滿六百公尺，然而值得一提的是，整座增設人工島都被規劃成巨大的主題樂園。島上備有度假飯店、戲水游泳池、雲霄飛車等遊樂設施，還有名叫「魔獸庭園」的特殊水族館，被當作絃神島的嶄新象徵而備受期待。

「記得那裡正在舉行開幕前的測試營運。絃神島過去很少有那種娛樂設施，我想會造成一陣子的話題吧。再說遊樂設施那麼豐富，水族館也用心設計過，我是有點想去……雖然入場費貴得不得了啦。」

「學長，你知道得真詳細耶。」

雪菜納悶地看了過來。古城會對觀光名勝感興趣，應該讓她挺意外的。呃，其實呢——古城說著聳了聳肩。

「之前煌坂打電話問過我啦，所以我才查了一下。」

「……紗矢華向學長問了絃神島娛樂設施的資訊？」

雪菜的語氣變得越來越懷疑。簡直像找人約會的藉口嘛——她的態度彷彿如此警戒。古城卻對雪菜的疑心渾然不覺，又說了：

「她好像想知道市民對那裡的評價，不過理由倒是沒提。難道那傢伙其實喜歡到游泳池玩嗎？」

「不會耶。要說的話，我想她並不喜歡游泳。她說穿泳裝會變醒目，所以很排斥，而且在水裡也沒辦法使用『煌華麟』的能力。」

「哦，是這樣啊……哎，像她那樣，在水中受到的阻力似乎會很大……」

古城想像煌坂紗矢華穿泳裝的樣子，心裡頗為認同。個子高、長相也得天獨厚的紗矢華一旦穿了泳裝，應該煞是引人注目，更別說她還有一副和苗條身材不相稱的巨乳。但是──

「水中的阻力？」

雪菜聽到古城不小心說溜嘴的自言自語，頓時皺了眉頭。

對於紗矢華的體型，雪菜當然也心知肚明。古城提到的「水中阻力」產生的原理是什麼，她自然也了解才對。

雪菜進而將視線落在自己穿著制服、顯得含蓄的胸脯上，然後發問：

「……學長，剛才你說，我看起來很擅長游泳對不對？」

「咦？啊……不是啦！我並沒有那種意思！」

古城察覺到雪菜語氣變沉重的理由，心裡慌了。

說來他當然沒有惡意，不過和胸部質量傲人的紗矢華一比，雪菜在水中的阻力斷然較小，這是無可顛覆的事實。年紀小的雪菜沒理由要對此感到自卑，就算這樣，被拿來比較心裡肯定也不是滋味。

「不然學長是什麼意思……？」

雪菜冷冷地瞪著古城，並且將橡膠水管頭轉了過來。經過加壓的自來水噴得古城滿臉，使他忍不住猛咳。

「噗哇！等……等等，姬柊，那條水管的水壓噴到還挺痛的……咳咳咳咳！」

「我覺得說話那麼沒禮貌的吸血鬼，就應該用水噴到腦子清醒！」

臉頰微微鼓起的雪菜則像在鬧脾氣地放話。

古城被灌進鼻子的水嚴重嗆到，同時也頭痛地心想：「怎麼會這樣？」

2

我又沒有生氣——儘管雪菜這麼主張，在古城淋得渾身濕以後，有一陣子她依舊不太高興。不過就算壞了心情，說來說去雪菜還是願意幫忙打掃泳池到最後，這是她人好的地方。

多虧如此，打掃工作總算在離校時間前告一段落，古城踏上了歸途。

當然，他旁邊也有雪菜的身影。基本上雪菜身為古城的監視者，住處就是和曉家同棟公寓的隔壁戶，因此雪菜最近都會到曉家吃完晚飯才回去，這已經成了慣例。古城的妹妹——

曉凪沙應該正在做飯，就盼著古城他們到家。

古城他們拖著勞動後的疲倦身軀回到了自家所在的公寓。

太陽下山，雖然從凶惡的陽光獲得了解脫，悶熱度卻絲毫沒有減緩的跡象。進入室內就會有冷氣夠強的舒適空間等著——古城一路走來全靠此當心靈支柱。然而——

「唔……！」

玄關門一開，隨後流洩出的卻是和室外同樣悶熱遲滯的空氣。由於有廚房和家電排出的熱氣，或許反而比外頭還熱。

「這股熱氣是怎麼搞的？」

和原本期待的舒適空間落差太大，讓古城聲音顫抖。

聽到他的聲音，之前待在廚房的凪沙從走廊探出頭。

「古城哥，你回來了～～！還有雪菜，歡迎妳來！你們好慢喔。晚餐都做好了喔。」

「凪……凪沙？」

拖鞋聲啪啪響起，凪沙來到玄關迎接古城他們。

古城茫然望著她的模樣，原本拎在手裡的書包也掉了。猛一看，雪菜也和古城一樣，瞪大眼睛說不出話。

凪沙穿在身上的，只有一件印了小鴨圖案的白色圍裙。除此以外，看起來像是什麼也沒

穿，纖瘦的肩膀和白皙大腿都暴露出來。

「妳……妳在幹嘛！搞啥啊，穿那是什麼樣子！」

「什麼樣子……這只是泳裝加圍裙啊。你看。」

凪沙說著掀起圍裙下襬，鑲了一丁點荷葉邊的白色泳衣晃進古城眼簾。儘管圍裙底下確實不是光溜溜的——

「不用掀給我看！我是在問妳怎麼會穿成這樣！」

「誰教天氣這麼熱。這個時段，西晒的餘溫都散不掉。」

「冷氣呢？為什麼熱得要命還不開冷氣！」

古城指著客廳大呼小叫。不通風的室內氣溫早就高於人類體溫，是沒開冷氣會危害到生活起居的溫度範圍。

凪沙卻一臉不服地噘著嘴反駁：

「因為現在停電嘛。樓下貼的告示，你沒看到嗎？說是公寓要更換變壓器，電梯和自動鎖的線路好像和家庭用的不一樣，所以都還可以動。」

「停……停電？」

意外的情報讓古城倍顯驚慌。原來如此，是電力停止供給，難怪冷氣沒有運作。室內會一片昏暗，似乎也是無法開燈造成的。

「更換變壓器……為什麼要在這種時間換？」

「據說是故障了。前陣子北區打過很大的雷吧？我們這棟公寓設計太老舊，好像在那個時候受到滿嚴重的損壞喔。」

「啊……」

古城不禁和雪菜對看，一臉五味雜陳的表情。因為他們明白北區那場大雷是第三真祖用來對付古城的眷獸。換句話說，古城與這次停電的原因也有間接關係。

「停電……那麼，我房間的空調也不能用嘍……？」

察覺到事態嚴重的雪菜視線轉向自己的房間。既然整棟公寓的電力都停了，無法開冷氣的就不只有曉家，就算到雪菜那一戶避難，狀況也不會改變。

「我覺得開不了耶。告示說晚上十點左右工程會結束……難得有機會，雪菜妳要不要也來換衣服？我可以借妳泳衣喔。」

「不……不用了，在這裡穿泳衣實在不太方便……」

凪沙天真地笑著邀約，使雪菜只能退縮搖頭。即使她認同泳裝加圍裙是對抗暑氣的合理方式，羞恥心似乎還是擺在優先。

即使如此，凪沙仍不死心地進一步相勸：

「可是可是，穿著制服不熱嗎？再說古城哥看了也會很高興喔。」

「並不會，妳也快去把泳裝換掉。總有像樣一點的衣服吧？」

差點被貼上泳裝愛好者屬性標籤的古城用指頭彈了凪沙的額頭。好痛——凪沙說著按住變紅的額頭，淚眼汪汪地抗議：

「哎唷……都是因為今年不能去游泳，好不容易買了泳裝都沒機會穿。明明說過等人家身體變好就會帶我到海邊玩的，古城哥都騙人～」

「就算這樣也不用穿著泳裝在家裡晃吧！海邊我遲早會帶妳去啦！」

「真是的……不用那麼害羞嘛。你看你看，是在學的國中女生穿泳裝耶。」

凪沙說著當場轉了一圈。以她的觀點，大概是期待這樣會讓古城心生動搖，然後演變成手足無措的反應吧——

「我才沒有害羞。為什麼我非得看國中生穿泳裝而害羞？」

古城用打從心底感到無所謂的語氣回嘴。凪沙本來就屬於幼兒體型，配上不夠火辣的荷葉邊比基尼，當中完全沒有讓古城害羞的要素。

凪沙一邊對古城不符期待的反應感到有些嘔氣一邊又說：

「呿……算了。總之我們來吃飯吧，雪菜！」

「我說過了，妳先去換衣服啦！受不了……」

古城語帶嘆息，目送依然穿著泳裝加圍裙的凪沙回到廚房。隨後，他從背後感覺到一股壓抑的怨氣而回過頭。

留在玄關門口的雪菜站在那裡，還露出莫名陰沉的目光，嘴裡唸唸有詞。

「……看了不會高興，是嗎……國中生穿泳裝沒什麼好看……這樣啊。」

「呃，姬柊？妳怎麼了？」

「沒有，沒什麼事。我並沒有在生氣。」

雪菜用一板一眼、感受不到任何溫暖的語氣回答戰戰兢兢發問的古城。

「是……是喔，那就好。」

「對啊。」

氣氛無論怎麼看都不像沒生氣，但古城本能地察覺到再深究會有危險，便決定裝聾作啞。他們穿過停電的昏暗走廊，走向還留有悶熱感的客廳。

正如凪沙所說，晚飯已經準備好了。餐桌上有代替燈光的蠟燭應急，和好幾盤菜餚擺在一起。

「總覺得這頓晚餐好豐盛……話說分量會不會太多？」

「我怕食材解凍變質，就把冰箱裡的東西全煮了。像蔬菜啊、肉啊、魚啊、烏龍麵啊，這些都不能擺吧。還有上星期做的咖哩跟漢堡排，還有當宵夜的飯糰也是。」

疑惑的古城發問，凪沙對答如流。

「……所以菜色才會搭配得這麼怪啊……不過這個分量，感覺光是主食差不多就有三天份了。」

「留著也沒辦法保存，努力吃吧。還有，對不起喔，古城哥珍惜地留著的冰品，我全部吃光光了，沒辦法嘛。味道很棒喔。」

「唔喔……在這種熱得要命的時候，我連冰都吃不到喔……」

古城一邊承受突如其來的巨大精神打擊一邊洗了手就座。擺在眼前的，是不知道應該從何吃起的大量料理。雪菜坐在他旁邊，也露出不知所措的表情。

悶熱天氣讓人提不起食慾，狀況卻不容抱怨。古城無奈地做了覺悟，拿起刀叉。

就在下一刻，曉家的玄關門板被人粗魯地敲響。

昏暗中忽然響起的噪音使在場所有人都繃緊臉孔。

「什麼狀況啊……有客人？」

古城聽出叩叩作響的噪音是什麼，安心地呼了氣。似乎是拜訪古城他們家的某個人正粗魯地敲著門罷了。

「啊，對喔……門鈴也不能用嘛。來了來了～～請問是哪位？」

凪沙也放心地從僵硬中恢復過來，起身朝玄關應門。於是乎——

「等一下，凪沙！妳打算穿那樣到外面嗎！」

「哇！對……對喔，古城哥，麻煩你去應門！」

凪沙想起自己依然只穿著泳裝配圍裙，又停了下來。

妳快去換衣服啦——古城說著把妹妹推到自己房間，自己則走向玄關。

敲門聲在這段期間仍不停響著。刺耳的聲響讓古城略感煩躁，並且應了一句：

「好啦好啦，馬上來……受不了，這樣會妨礙鄰居安寧吧！」

古城吼著打開門。結果，映入眼簾的是一張熟面孔。

那是個將稍微染過的短髮抓成刺蝟頭，脖子上還掛著耳機的少年。他挖苦似的揚起嘴角，一臉愉快地微笑著說：

「嗨，古城。你們家這個門鈴是怎麼搞的？電池沒電嗎？」

「矢瀨？你怎麼會在這種時間跑來？」

從國中認識到現在的朋友突然找上門，古城只能用狐疑的眼神瞪人。

幾小時前，矢瀨基樹和古城才在教室分開。而且這個男生還無視古城找他幫忙打掃游泳池的相求，一溜煙就跑了。事到如今，真不知道他還有什麼臉上門——古城如此心想。

然而，矢瀨卻帶著一副把舊帳都忘光光的親暱態度，自己進了玄關的門說：

「哎，抱歉啦，突然就跑來你家……咦？唔哇，有夠熱的。這是怎麼回事？」

「停電沒辦法開冷氣啦。」

古城露出苦瓜臉回答。本來他並沒有義務要親切地對矢瀨這種人說明，但是被矢瀨冤枉誤解成家裡沒繳電費被斷電，也很令人頭痛。這個男的難保不會把停電的事當笑話，在學校裡到處講。

基本上，矢瀨大概也隱約察覺到背後的因素，就沒顯得多驚訝地表示理解：

「啊～～……原來如此。那麼，古城……你該不會趁家裡這麼熱，就要凪沙穿泳裝配圍裙吧？」

「又不是我教她那麼穿的！」

矢瀨猜得太準，讓古城一不小心說溜嘴。霎時間，就連矢瀨也愣得猛眨眼睛。

「……咦？你說的是什麼意思？真的假的？唔哇～～……」

真讓人不敢領教耶——矢瀨語氣認真地嘀咕。古城則惱羞成怒，拉開嗓門說：

「煩死了！結果你是來幹什麼的啦！」

「啊，對喔。總之在這裡講也不方便，我可以進去嗎？」

「你都自己進門了還問。」

矢瀨大搖大擺地走進屋內，古城只能一臉傻眼地看著他的背影。

在客廳這邊，換完衣服的凪沙剛好從自己房間走出來。雖然她是穿T恤配短褲的輕便服裝，應該還是比泳裝加圍裙像樣許多。

「咦……矢瀨？你怎麼來了？」

「晚安，矢瀨學長。」

「嗨，凪沙。姬柊妳也在啊？那剛好，省掉一些工夫。」

矢瀨看到兩個學妹出來迎接，開口時眉飛色舞。

「省什麼工夫？」

戒心畢露的古城質疑。聽矢瀨的口氣，他似乎有什麼事要告訴古城等人，卻不用電話或簡訊通知了事，還專程跑過來，這讓古城感到疑慮。要是事情會將凪沙和雪菜拖下水，可疑度更是倍增。

然而，矢瀨回頭看向瞪著自己的古城，亂得意地笑了出來。

「欸，古城，突然提這個有點奇怪，不過你們想不想來一趟包住宿的度假？」

「……度假？」

「對。地點叫蔚藍樂土。」

「咦～～！」

在古城做出反應以前，凪沙就大聲驚呼。她貼到矢瀨面前，顯露快嘴快舌的本色反問：

「你……你說的蔚藍樂土，是那個Blue Elysium嗎？藍色樂園？有遊樂園、飯店、魔獸庭園跟九種游泳池的蔚藍樂土？」

「對對對，就是那個蔚藍樂土。」

儘管矢瀨被凪沙的氣勢稍稍嚇到，還是自信地微笑著點頭。

「正式開幕是在明年，不過你們也知道蔚藍樂土從這個月起會展開完全招待制的測試營運吧？為了訓練工作人員兼在媒體上亮相，類似彩排那樣。」

「……難道你要招待我們去？」

古城無意識地板著臉回問了。充滿魅力的邀約從天而降，比開心先冒出來的卻是不信任感。畢竟完全招待制的蔚藍樂土入場券有其新鮮度和稀有性，是一張要用幾萬圓交易的白金級門票。

然而，矢瀨倒像在玩味古城的那種反應，瞇起眼睛賊笑說：

「可以去三天兩夜，入場及住宿都免費。聽起來很划算吧？」

「與其說划算，我覺得超假的。絕對有什麼內幕吧？」

「不不不……其實呢，蔚藍樂土的某幾項設施，矢瀨家(我們家)在經營方面有參一腳。不過預約出了錯，現在突然多出空缺的名額。這算常有的事吧？」

「……或許啦。」

古城不情願地點頭。儘管標榜完全預約制，卻因為預約出錯而多了空缺。感覺確實是常見的意外狀況。

「所以嘍，設施的運作率和其他部分鬧出問題，要是名額空著沒人補就糟糕啦。有出資者會感到不安，預約部門也會被追究責任。」

「然後你想找我們頂替過去住？」

「哎，直說的話就是這樣。」

矢瀨神情認真地回答，和輕浮的口氣形成對比。

古城總算明白矢瀨專程來訪的理由了。

矢瀨家是對「魔族特區」營運影響力匪淺的豪門財閥，即使聽他說他們家參與了新落成的增設人工島「蔚藍樂土」的經營，也完全不意外。於是矢瀨大概就被家裡的人拜託，要他幫忙填補預約名額的空缺。與其讓空缺閒置，還不如找人免費來住宿，對蔚藍樂土來說才能保住面子——狀況大概就是這麼回事。

不知道凪沙對這層因素了不了解，她用力舉手並蹦蹦跳跳地說：

「好好好！我想去我想去我想去！欸，古城哥，我們去嘛。是現在話題正熱的蔚藍樂土耶，一般去住要花好幾萬圓喔。」

「……姬柊也願意去嗎？」

古城擱著鼓譟的妹妹不管，小聲地問了雪菜。畢竟雪菜算是在執行任務，古城認為她或許會拒絕去休閒設施玩。

然而雪菜毫不猶豫地直點頭說：

「好啊，只要是和學長一起，我哪裡都會去。因為我要監視學長。」

「嗯？監視？」

矢瀨抓到了雪菜這句容易招來許多誤解的發言。

雪菜驚覺般表情緊繃。

「……沒……沒有啦，我是說感謝……感謝學長！」（註：日文「監視」音近「感謝」）

「原來如此，感謝啊？感謝的心意很重要喔。你說是吧，古城？」

「是是是，謝謝你來邀我們。」

朋友帶著賣人情的意味看了過來，古城只好敷衍幾句表示謝意。

雖然可疑點抹滅不去，但矢瀨提議要招待大家免費到傳聞中的最新度假勝地玩，感覺還是相當吸引人。況且凪沙才剛抱怨過古城都沒有帶她到海邊玩，既然要去的是蔚藍樂土，凪沙應該也不會有意見。

「交涉成立嘍。那我先把蔚藍樂土的簡章和門票給你，剩下的就麻煩你啦。」

矢瀨說著就把裝了三人份門票的信封丟到桌上。簡單道別一兩句以後，他腳步匆忙地準備要走。

「啊……喂，矢瀨！」

「抱歉，我還有點事要辦。掰啦。」

「……那傢伙搞什麼啊？」

古城傻眼地目送倉促離開的矢瀨。他一點也不懂那個男的在想什麼。

「矢瀨也可以吃過晚餐再走嘛……要不要我現在去把他拉回來？」

凪沙望著桌上的料理，抱憾似的嘆氣。還沒動過的料理剩一堆，這種分量就算多一個客人也絕對夠吃。

「話說，我忘記向他問行程了……我們應該什麼時候去蔚藍樂土啊？」

古城想到自己漏掉要緊的資訊，伸手拿了手機。他想打給矢瀨問日期，順便逼人留下來吃過晚飯再走。然而——

「學長，門票上的日期……是這個星期六耶。」

確認過信封內容的雪菜語帶困惑地告訴古城。古城靠著蠟燭幽微的亮光，確認她拿出來的門票日期，然後問：

「這星期六？」

接著古城看了手機上顯示的日曆比對。

雪菜和凪沙也沉默下來，短瞬的寂靜降臨。矢瀨為什麼會專程登門拜訪，然後馬不停蹄地離開，所有人終於明白理由了。

門票上印的蔚藍樂土招待日是——

「——等一下，不就是明天嗎！」

停電的昏暗房間裡響起古城心慌的吐槽聲。

準備趕在明天早上出發去度假的慌忙夜晚就這樣開始了。

3

開了空調的涼爽房間裡，藍羽淺蔥正躺在富有彈性的床上。

她是個長相端正得沒話說，還留著一頭亮麗髮型的高中女生。就連當成家居服、圖案有點土的T恤穿在她身上，也能感受到偏高的「女性魅力」。

尋常可見的女生房間裡擺著衣服、時尚雜誌、化妝品以及一些布娃娃。

不過，只有書桌旁某個部分顯然綻放著異彩。死板的辦公用螢幕及超高速ＰＣ叢集。最新銳的平行電腦莫名其妙地放在高中女生的閨房裡，總覺得是一幕超現實的光景。

「……然後呢，你到底有什麼企圖……？」

淺蔥不悅地朝通訊耳機組質疑。

她講話的對象是矢瀨基樹。由於兩人是青梅竹馬，她用了毫不委婉的辛辣語氣。畢竟他們從讀小學前就認識了，現在還花心思客氣也很蠢。

『妳說的企圖是什麼意思？』

矢瀨以裝蒜的語氣回嘴。某方面來說，這種反應正如淺蔥所料。

淺蔥冷冷哼聲說：

「不用裝傻了啦。這張蔚藍樂土招待券——還有名額空缺云云，都只是藉口吧？你帶我們去那裡想做什麼？」

『話講得真難聽耶。我安排這次的事情，也算是為了妳啊。可以和古城一起去度假過夜，某種意義來說是個機會吧？』

要你多管閒事——淺蔥說著眉頭都抽筋了。她對矢瀨自以為真心關懷的說詞，以及無法徹底反駁的自己感到火大。

「好好好，所以你又打算玩弄人取樂對不對？應該說，連那個轉學生和凪沙都一起去的話，根本沒有意義嘛！」

『不不不，這種事情啊，就是要稍微有人來打擾才比較好。』

煩死了，你閉嘴啦——淺蔥暗自在心裡咒罵。

「基本上我就是覺得事情有鬼。明明你那麼討厭和家裡的事業扯上關係，唯獨這一次是吹了什麼風？」

『我的心境有了一點改變啊。能利用的就要利用嘛。』

矢瀨用帶著笑意的輕浮嗓音回答。矢瀨家的現任當家——矢瀨顯重，是在經濟界赫赫有名的大人物，而矢瀨相當厭惡那樣的父親。以知道其中因素的淺蔥來看，對矢瀨的態度實在無法不抱持懷疑。

「哼……所以這次你是想利用我們嘍？」

『不不不，講得真難聽耶。要說互助才對啦。』

淺蔥語帶挖苦的疑問被矢瀨打哈哈敷衍過去。

再逼問下去也得不到什麼——淺蔥如此判斷，慵懶地嘆了氣。

「好啦好啦，不必再扯了。反正我也對蔚藍樂土有點興趣。」

『那太好了。就先這樣嘍——』

淺蔥確認和矢瀨的連線已經切斷，才拿掉耳塞式通訊耳機組。

接著她緩緩撐起上半身，盤腿坐在床上。

淺蔥會忽然用兩手拍臉，是為了克制自己忍不住上揚的嘴角。即使如此，她還是止不住湧上來的盈盈笑意。

和古城一起度假過夜。雖然要順著矢瀨的計謀走挺讓人不爽，不過這確實是個機會。開放的旅遊環境；游泳池和泳裝；讓人尖叫的遊樂設施——想和那個待過運動社團又不懂女人心的遲鈍妹控男拉近距離，這堪稱不會再有第二次的絕佳情境。矢瀨不是也說過嗎？能利用的就要利用嘛。

「蔚藍樂土嗎……雖然遊樂園的設施也不錯啦，重點還是在游泳池吧。」

從床上跳下來的淺蔥開了電腦，連上自己愛用的網購網站。

她搜尋了最新款的泳裝。既然這個網站是由紘神市的業者營運，現在立刻訂貨，商品明天早上以前就會到。保險起見，將送貨地點寫成他們在蔚藍樂土要住的地方應該不會錯。

「這一類的款式要說穩當是穩當，不過會不會有點土？難得去度假游泳池，放膽穿這款應該也……不行不行，這實在太誇張了。」

淺蔥盯著一整串顯示的泳裝照片，口氣認真無比地嘀咕。泳裝之於游泳池，就好比鎧甲之於戰場。淺蔥選泳裝的標準自然會變得嚴格。

要選一套可以對古城那種廢柴充分強調出可愛，品味又不至於被同性看扁的貨色才行。這中間的平衡實在不好拿捏。

『咯咯……！』

就在這時，持續煩惱的淺蔥耳邊傳來一陣奇特笑聲。那是管理紘神島的超級電腦化身，同時也是和淺蔥搭檔當駭客的輔助人工智慧——通稱「摩怪」的合成語音。

顯示在螢幕上的布偶型吉祥物笑得怪有人味。

『妳還真帶勁呢，小姐。選泳裝要不要我幫忙建議？』

「煩死了，你這色胚ＡＩ！我在忙啦，敢來搗亂就用ＤｏＳ攻擊灌爆你。」

淺蔥隨口應付愛挖苦的人工智慧，又繼續挑泳裝。摩怪像是要逗她，擅自入侵淺蔥家的家庭網路說：

『這就是小姐家裡體重計留下的最新體重和體脂肪率啊？接著再從彩海學園的保健室調來春季體檢時的數據，推斷目前三圍，好了。由此可以導出目前最適合小姐的泳裝是──』

「呀啊啊啊啊──！你亂翻別人的私人資料幹什麼！」

淺蔥的尖叫在深夜的住宅區迴盪開來。

這是旅行前夕不為人知的一幕。

「──哎，像這樣處理可以嗎？」

結束語音通訊的矢瀨說著將智慧型手機塞進口袋。

他所站的地方是絃神島西區的大型購物中心──泰迪絲商場的樓頂。能觀賞絃神島夜景的這塊地方，屬於情侶必來的約會景點。

矢瀨身邊幾乎都是約會中的年輕情侶。

正因如此，矢瀨「他們」在這裡也沒多醒目。

「辛苦了，基樹。這次推了麻煩的差事給你呢。」

站在矢瀨旁邊的身影用了文靜的口吻回話。

褪流行的長裙及樸素上衣。那是個戴眼鏡、捧著厚重書本，外表不起眼的少女。口吻禮貌，不過倒不嚴肅，調皮的嗓音裡彷彿蘊含笑意。

「太見外了啦，學姊。我不可能拒絕妳拜託的事情吧。」

矢瀨不規矩地望著她的臉龐，笑得挺厚臉皮。

眼鏡少女什麼也沒回答，像是對耍任性的頑皮弟弟充耳不聞，只露出一抹落寞的微笑。

她那種反應讓矢瀨不滿地歪著嘴說：

「可是，這不像妳耶。古城和姬柊也就算了，為什麼連淺蔥和凪沙也要扯進來？」

「這只是預先保險。為了在事有萬一時，將損害抑制到最低。」

眼鏡少女淡然回答。

她那意外的答覆讓矢瀨訝異地挑起眉頭。

因為他沒想到舉手投足間彷彿能洞見未來一切的少女會說出這種話。

「保險啊。那就表示，當中有你們也掌控不了的風險嘍？」

「能做的都做了……不過呢，你說得對，或許目前的狀況是有點棘手。」

少女的話並沒有急迫感，可是那反而能讓人窺見事態的嚴重性。

看來在矢瀨不知情的情況下，「魔族特區」周遭環境似乎起了變化──憑少女的地位及能力也無法管束的變化。

「這樣真的『很不像妳』耶。對和吸血鬼真祖都能鬥得不相上下的妳來說，未免表現得太怯懦了吧？」

矢瀨說得讓人分不出是調侃或打氣。

少女卻自嘲似的笑著搖頭告訴他：

「即使我自詡為獅子王機關的三聖，也只是組織裡的一顆齒輪罷了。無能為力的事情還比較多，因為我終究是個消耗品。」

「緋稻學姊……妳……」

少女突然流露出來的真心話讓矢瀨冷不防心生動搖。這樣不行喔──少女豎起食指，像在告誡矢瀨似的要他安靜。

「現在的我是閑古詠，矢瀨基樹。」

抱歉──矢瀨回望靜靜地斷言的少女，說著聳了聳肩。

隨後，他忽然露出放鬆的笑容，並且對自稱古詠的少女發問：

「妳也會去蔚藍樂土吧？是不是可以期待一下妳穿泳裝的樣子？」

「水中戰在我的管轄之外。和你一樣。」

古詠用一如往常的平淡語氣，面色不改地回答。

真冷淡——矢瀨料到她的反應，苦笑著說道。

就在下一刻，眼鏡底下雙頰暈紅的古詠用了快要聽不見的音量嘀咕：

「而且我討厭泳裝……反正我穿了也不會合適……」

咦——等矢瀨將視線轉過去時，古詠的身影已經不見了。

彷彿從最初就沒有人在，消失得不留痕跡。

然而她最後說的話卻鮮明地烙在矢瀨的腦海中。

「冷不防來這麼一句，太詐了啦……受不了。」

感覺超可愛的不是嗎——矢瀨皺著臉咕噥。

古詠是第一次在矢瀨面前顯露出和少女年紀相符的態度。「魔族特區」周遭環境似乎正確實地在改變。

4

增設人工島「蔚藍樂土」建造在離絃神島本島約十八公里遠的海上，是一座宛如切片鳳梨的扇形小島。

有專用接駁船在那裡和絃神島之間往返，所需時間約二十分鐘。

啟航不久的船內整潔美觀，從甲板上望見的景致更是迷人。飲料及點心等免費供應的服務也很充足。

然而這一天的古城卻沒有餘裕享受那些服務。

「沒……沒事吧，學長？感覺你的臉色變得好糟糕耶……」

抵達蔚藍樂土的港口後。古城在棧橋上縮成一團，雪菜擔心地不停撫按他的背。

低著頭的古城臉上已經蒼白得徹底失去血色。以某個角度來說，倒也很像吸血鬼，但是吸血衝動的症狀其實並沒有發作。

古城身體不適的原因是暈船。三半規管敗給搖晃的接駁船，差點讓胃裡的東西全部吐光光。世界最強吸血鬼實在不該有這種窩囊樣。

「勉……勉強過得去啦，照這樣休息一下就會好……我想。」

即使如此，古城為了不讓雪菜擔心仍拚命逞強。

幸好離他們約好跟矢瀨會合的時間，還有十五分鐘左右的餘裕。

矢瀨已經早一步抵達蔚藍樂土，會先幫忙辦好登記入住住宿設施之類的麻煩手續。因此古城等人都悠悠哉哉地在港口等他回來。

「感覺滿意外的耶。我都不知道，古城哥以前搭交通工具會暈嗎？」

凪沙說著蹲到了古城旁邊，探頭看他的臉。比平常更興奮的她嘴巴超快，讓古城厭煩地皺著臉說：

「我想沒那回事，不過我對船有一點不好的回憶。大概是那個關係。」

「……是喔？」

「算是啦。」

因為我曾被特區警備隊的警備艇到處追來追去，還挨過子彈——古城總不能把這些說出口，只好呼攏帶過。

還好凪沙沒有特意追究古城講的話，只說了：

「嗯……總之，要不要喝點什麼？我去園區攤子買了飲料過來耶。」

凪沙說著打開了裝著寶特瓶的購物袋給古城看。她似乎是不忍心看古城身體不舒服，就

專程提了這些過來。
古城一邊感謝能幹的妹妹如此貼心，一邊朝購物袋裡面伸手說：
「這個嘛……有碳酸類的嗎？」
「有喔。要哪一種？有德式馬鈴薯蘇打，還有機能飲料口味的可樂。」
噗——古城不由得嗆到。光想像就覺得難喝的味道從嘴裡冒了出來。
「在身體狀況糟透時還要我灌那種感覺很難喝的玩意，會死人啦！話說，機能飲料口味的可樂是什麼鬼！直接喝機能飲料就好了吧！」
古城自己也覺得抗議得理直氣壯，不過凪沙並無反省之色，還鼓著臉頰說：
「可是我不討厭這種有企圖性的新商品耶，能感受到冒險犯難的精神。」
「那不叫冒險，只能算有勇無謀的挑戰吧？」
「既然古城哥不喝，那就讓雪菜來犧牲可以嗎？」
「……咦！」
忽然被牽扯進對話的雪菜看著凪沙手裡的詭異寶特瓶僵住了。
有培根狀固體漂浮著的乳白色飲料，以及保有機能飲料色彩的黃澄澄可樂。嶄新度可以認同，但怎麼想都不是一般人能接受的飲料。
「妳自己不是也斷定這叫『犧牲』嗎……？」

為了避免當事人聽見，古城一邊小聲吐槽一邊悄悄離開現場。雪菜被凪沙詢問「要選哪種喝？」而愣住不動，古城則在心裡對她說了一句抱歉。

時間剛過上午九點。

遊樂園和游泳池開始營業的時間還沒到，不過受招待的遊客們已經陸續湧進蔚藍樂土。真不愧是話題中的最新度假勝地。

古城坐在旁邊的長椅上望著人群，並等待噁心感停緩。這樣的他脖子突然被某種冰涼的東西貼了上來。

古城驚呼一聲，嚇得回過頭，只見身穿時髦便服的淺蔥低頭看著他，臉上一副賊笑。她用來貼在古城脖子上的，是退燒用的白色冷敷貼布。

「來，古城，把這貼上去會舒服一點喔。」

「……是淺蔥啊。我身體不舒服，別嚇人啦！」

「暈個船而已，你很沒用耶。」

儘管嘴巴狠，淺蔥還是細心地動手幫忙古城將冷敷貼布黏到他脖子後面。舒爽的冰涼感直透心底，原本難以忍受的噁心感消退了一些。

「喔，感覺有效耶。」

「看吧。」

淺蔥望著古城直率的反應，一臉得意地別過頭。

接著她微微地噗嗤笑了出來。

「……怎樣啦？」

「誰教你明明是第四真祖還暈船，又貼冷敷貼布，再怎麼說也太遜了吧？這樣子就算說你是世界最強吸血鬼，我到現在還是沒辦法相信耶。」

淺蔥在古城額頭上黏了第二塊冷敷貼布，愉快地笑個不停。這麼說來，她是前陣子才得知古城變成了吸血鬼。

一般來說，那應該會讓人產生動搖或心生畏懼，但淺蔥對古城的態度和他的吸血鬼身分露餡前一點都沒變，反而還有藉此取樂的感覺。雖然就古城而言，倒不是不感謝淺蔥這樣的態度——

「又不是我自己樂意變成這種體質的！還有我先叮嚀妳，這件事不要向凪沙提起。」

「對喔，凪沙她有魔族恐懼症……哼哼。」

淺蔥先是正色點了頭，然後又揚起嘴角奸笑。

古城對她的表情產生一抹不安。

「怎……怎樣啦？妳幹嘛一副像是抓到我把柄的跩樣子……？」

「開玩笑的啦，沒事。就算不把吸血鬼的事當梗，你身上不能對凪沙講的祕密，我也掌握得夠多了。你想嘛，像國二時在體育倉庫那件事……」

「吵死了！可惡，妳這不是害我記起想忘掉的往事了嗎！」

古城忍不住抱頭苦惱。古城其實是吸血鬼的這個祕密在淺蔥看來，好像頂多和國中時期的不光彩歷史同等級。

「對了，矢瀨那傢伙倒是完全沒跟我提過妳會來。」

趁淺蔥還沒挖出更多不必要的回憶，古城決定改變話題。

「當然啦。我也是在昨天深夜才突然被基樹邀來的嘛。多虧如此，時間根本不夠做準備，像今天要穿的泳裝我就沒有很喜歡。」

「呃，那種東西其實無所謂啦。」

淺蔥態度嚴肅的嘀咕被古城輕鬆帶過。淺蔥頓時繃緊臉說：

「啥！你說那種東西……無所謂？」

「不提那個了。矢瀨那傢伙是在想什麼啊？妳不覺得奇怪嗎？」

「……這一點我也很在意，總覺得有什麼內幕。」

儘管淺蔥嘔氣似的歪著嘴，還是對古城的發言表示同意。

從矢瀨輕浮的外表看不出來，他是個心思細密周到的好朋友。不過他也會用心過度，策劃出詭異的陰謀。

例如球技大賽時，矢瀨曾經想將古城和淺蔥硬湊成雙打就是一個例子。他本人大概沒有惡意，不過那依舊是多事。這次來蔚藍樂土旅行，感覺背後也藏著同樣的陰謀，古城他們完全變得疑心生暗鬼。結果——

「咦……古城哥，那是不是矢瀨？」

「抱歉抱歉，讓你們久等了。」

簡直就是說人人到——矢瀨本人的聲音碰巧在這時傳來，讓古城和淺蔥轉了頭。古城等人所在的船埠前面有一輛車剛開過來。

那是在高爾夫球場常見的小型電動載客車。坐在駕駛座上的是脖子上掛著耳罩式耳機、身穿夏威夷襯衫的少年。

「咦！矢瀨，你會開車喔？有駕照嗎？」

趕到電動載客車旁邊的凪沙訝異地問了坐在駕駛座上的矢瀨。矢瀨光明正大地將載客車停在道路中間，並且回答：

「蔚藍樂土內部是私人土地，所以不需要駕照啦。再說，這玩意是自動駕駛。」

矢瀨說著指向儀表板，上面有蔚藍樂土內的簡易地圖，還鑲了指定去處的觸控式面板。另外在觸控式面板旁邊有投幣用的溝槽。看來這輛電動載客車的構造是投入一百圓硬幣就會動，讓人搞不懂是高科技還是廉價的付費機制。

「呃～那麼接下來，我會帶領各位到今天的下塌處。請大家上車。」

忽然變成導遊的矢瀨開始指揮古城等人。你那什麼語氣啊——古城等人這麼想著，還是準備魚貫上車。不過——

「請問……這輛車不是四人座嗎？」

雪菜察覺到座位不夠，在中途停了下來。

一行人連矢瀨在內有五個人，可是電動載客車的座位只有四個，每個都是附扶手的單人用座椅，所以好像也沒辦法硬擠上去。

「啊，不要緊不要緊。妳看，貨架空著吧？」

矢瀨說著指了後座的背面。那裡的確有塊放行李的空間，不過本來恐怕是用來放高爾夫球袋的，不只窄得沒辦法坐人，為了方便抽出高爾夫球桿，還傾斜得不得了。

「你說貨架……誰要坐那種地方啊……？」

古城望著顯然坐不穩的貨架喃喃發出嘀咕。瞬時間，在場所有人的視線一起聚集到古城身上。

「喂，要我坐喔？等一下，我暈船的後遺症還沒好……！」

「安啦，速度沒有快到會暈車。那就出發嘍。按鈕按下去～～」

「慢著……我叫你等等，你是沒聽到喔！」

差點被撇在一旁的古城急急忙忙爬到貨架上。一瞬間，載著古城等人的電動車忽然蹦也似的加速了。

速度確實沒多快，和普通汽車比根本算慢的。然而——

「唔哇，會晃會晃會晃要摔車了要摔車了快停車矢瀨，至少車速先放慢！」

外露的車子貨架會反映出路面的些微凹凸不平而猛晃。由於那原本就不是設計給人坐的，構造上震動都會直接傳過去。

「學……學長？」

雪菜發現古城被車子甩來甩去，不安地回過頭。

我沒估計到這一點耶——矢瀨卻悠閒地搔著頭說：

「抱歉，古城。這玩意一旦動起來，不到目的地就停不下來啦。」

「咦！」

矢瀨像是束手無策般聳了聳肩。自動駕駛的載客車在這時仍馬力十足地陣陣加速。

「給我停下來————！」

古城悲痛的慘叫聲響遍度假村的天空。

留駐蔚藍樂土的第一天早晨就這樣開始了。

5

從船埠出發的載客車正逆時針繞著扇形的蔚藍樂土外圍行進。

最先出現的是取名為「魔獸庭園」的水族館及動物園——從世界各地蒐羅了兩千兩百頭共三百種瀕臨絕種魔獸進行飼育、研究的設施。其中大多會開放給一般遊客參觀，尤其是海棲魔獸的飼育數量，據說規模達全世界之冠。

接著則是蔚藍樂土最大的賣點，位於沿岸的廣闊泳池區。從可以舉辦國際大賽的室內競賽游泳池，到全長超過兩百公尺的滑水道，裡頭備有凝聚巧思的多種游泳池，讓人可以穿泳裝玩上一整天。

游泳池旁邊是遊樂園，不只能玩到摩天輪、雲霄飛車等必備設施，還有活用「魔族特區」特質的「真正鬼屋」。而且聽說還準備了除了魔族以外，搭上去不保證能生還的刺激遊樂項目。

接下來，在穿過有成排餐廳及攤子的購物商圈之後，就是古城等人今晚開始預定要留宿的遊客住宿區了。以堪稱蔚藍樂土象徵的巨大「樂園飯店」為中心，沿著運河設了好幾棟度假公寓及出租別墅。

自動駕駛的電動載客車就在其中一棟的前面停了下來——

兩層樓的白色別墅前。

「哎呀，所有人都平安到達真是太好了。」

原本坐在駕駛座的矢瀨下了車，悠閒地伸了懶腰。

「是怎麼看……才會覺得我這樣叫平安……？」

用怨恨語氣回話的是緊緊偎著貨架的古城。從船埠開車到別墅所需時間大約十五分鐘，這段期間，在貨架上古城的內臟不停被猛晃，身體狀況來到最低點，原本已經被暈船折騰過的腸胃正全力表達出不適。

矢瀨卻把古城的那些怨言輕鬆略過，自顧自的說：

「幸虧如此，現在確定電動載客車在安全方面還有改善的空間了。我得向營運公司提出報告才可以。」

「……你這豬頭。」

等體力恢復以後，絕對要先扁這傢伙一頓再說——古城下定決心。

這時，從車子提行李下來的凪沙走到地中海風別墅裡面問：

「欸，矢瀨，我們從今天開始要住的地方真的是這裡嗎？可以住嗎！」

「這房子挺壯觀的吧？」

矢瀨望著歡呼的凪沙，自豪地笑了出來。

實際上，無怪乎凪沙會興高采烈，全新的別墅裡豪華得超乎預料。室內寬廣，設備充足，冰箱裡擺滿了冰透的飲料。

「照理說床會多出來，你們隨便分一下房間吧。」

「好～～！哇，二樓也好寬！好別緻！空調夠涼，廚房又豪華，沙發也蓬蓬軟軟的，浴室裡還附三溫暖耶！」

凪沙像隻興奮的小狗，忙著在屋裡到處跑。另一方面，被留在外頭的古城等人則是懾於豪華過頭的別墅而愣在玄關前。

「——基樹，我真的要問，你究竟在想什麼啦！」

「咦？妳問啥？」

「別裝傻了！就算是為了填補預約出錯的空缺，哪有可能免費住到這麼好的地方嘛！」

替大家說出心聲的淺蔥對矢瀨展開逼問。

離日本本土遙遠的絃神島整體物價偏高，何況蔚藍樂土這裡是觀光勝地——還是預約接踵而至的人氣度假村。雖說目前算正式開幕前的測試營運期間，費用應該也不是隨便一點錢就能打發的。

「妳真愛擔心耶。我沒說謊啊，入場和住宿免費。入場和住宿這兩項是不用錢啦。」

矢瀨被淺蔥一把揪著胸口，投降似的舉著雙手。他那意有所指的說詞讓淺蔥的眼神變得更兇了。

就在此時，有另一輛電動車穿過住宿區閘門朝這裡接近。

那和古城他們搭的載客車不同，屬於清一色白、款式單純的辦公用車。

坐在駕駛座的是個穿窄裙的年輕女性。

年紀大約二十過半。從清爽的妝和髮型來判斷，大概是從事餐飲業，給人的感覺像家庭餐廳或速食店之類的精明女店長。

「喂～～抱歉，讓你久等了～～」

她用意外溫婉的女性口吻叫了矢瀨。

矢瀨不知為何端正姿勢，規規矩矩向對方低頭問候：

「啊，主任，您辛苦了。」

「……主任？誰啊？」

你們到底是什麼關係——古城來回看著矢瀨和那名女性。

停車走下來的女性朝古城全身掃了一圈問：

「來幫忙的就是他們嗎？嗯，長相是滿稱頭的，幫得上忙。畢竟這週末排班的人力很吃緊，從今天下午開始就要拜託你們嘍。」

「……幫忙？」

古城跟不上話題，只感到困惑。淺蔥等人同樣愣住了。唯一懂狀況的矢瀨拋下解釋的責任，一臉事不關己地吹著口哨。

「喂，矢瀨。」

「排班是什麼意思？難道你是找我們來工作的嗎！」

古城和淺蔥從左右逼近，小聲地向矢瀨提出質疑。

矢瀨卻毫無愧色，還用邪惡的表情對他們微笑。

「嗯？我解釋過吧？預約出錯多了空缺啊。」

「你說的空缺，結果是指打工的空缺喔？」

儘管古城忍不住激動，心裡有塊角落卻莫名能理解。

想想也是理所當然的事。蔚藍樂土是預計一年內會有幾十萬人光臨的巨型設施。光因為預約出錯而少了一組客人，根本等於沒影響，完全沒理由要特地免費招待古城他們來玩。

矢瀨要找的不是遊客，而是在設施幹活的打工人員。

話雖如此，由於是臨時缺人手，企業大概沒空照一般程序徵求打工人員。再說蔚藍樂土正在測試營運，有很多不對外公開的情報，應該也不能帶信不過的人進來工作。於是乎，矢瀨就看上古城這些人了。

「那麼重要的事情，你為什麼不一開始先講啦！」

「因為……就算照普通方式拜託你們來做白工，先不提古城，妳一定不願意吧？」

「廢話！」

「為什麼你會覺得讓我做白工沒關係！」

淺蔥和古城強烈表示抗議。正因為他們一直懷疑矢瀨是不是有什麼企圖，陰謀被揭露時也就格外氣憤。

另一方面，被晾在旁邊的雪菜則是一臉無助地抬頭望著矢瀨問：

「那個……我們該怎麼辦呢……？」

「啊，姬柊妳們不用在意這些傢伙，儘管玩吧。」

矢瀨說著拿出幾張打上蔚藍樂土鋼印的ＩＣ卡。

「我先把別墅鑰匙跟遊樂設施的免費通行證給妳們。有這個的話，基本上蔚藍樂土裡的設施都可以免費利用。」

「可……可是……」

「不用替他們操心啦。反正找國中生工作是被禁止的，妳就當作是古城送的禮物，和凪沙一起悠閒度假吧。」

矢瀨把ＩＣ卡塞到想婉拒的雪菜手裡。被他這麼一說，雪菜也沒有堅拒的理由。不好意思，讓你費心了——雪菜頂多只能帶著傷腦筋的表情道謝。

「等一下……姬柊她們分開行動的話，要工作的就只有我跟古城？」

聽著雪菜和矢瀨對話的淺蔥忽然壓低聲音確認。當然啦——矢瀨若有深意地朝淺蔥微笑著說：

「我想你們大概會怕沒有伴，已經講好將你們分到同一個職場了。」

「提什麼職不職場的，我們都還沒答應要——」

在這裡工作吧——古城反駁到一半，後半段話就被淺蔥打斷了。

「哎，好啦。」

「咦？淺……淺蔥？」

「既然人都來了，再抱怨也沒用。非找我們不可的話，那就幫你這個忙嘍。」

「哦，適應力真強，不愧是淺蔥。」

矢瀨拍手讚許淺蔥。古城跟不上她突然改變的念頭，只能愣在一邊。

接著，淺蔥立刻瞇著眼瞪向矢瀨說：

「相對的，打工費可要算清楚喔。你應該懂吧，本小姐的行情很高喔。」

「唔……嗯，我懂……」

矢瀨像是被淺蔥的視線嚇到，汗流如雨地點頭。

被稱作主任的女性看他們說到這裡，大概就當成事情已經談妥了。她把杵著的古城叫到身邊，將從車上拿下來的東西推給古城。

「這是工作人員的T恤，底下穿泳裝沒關係。沒時間了，你們快去換衣服。」

至今仍未從混亂中恢復過來的古城，無言地看著交到自己手上的兩人份T恤。

蔚藍樂土頂著萬里晴空，強烈陽光拖出濃濃影子。

「……喂，真的假的？」

古城虛弱的嘀咕順著從運河吹來的濕潤的風消失了。

第二章 打工的第四眞祖

Vampire's at Work

1

有好幾座競賽游泳池那麼寬的水槽裡，眾多魔獸正悠游其中。

沉睡於水底一帶的是名叫「魔羯魚（Makara）」的南亞怪魚；長著青蛙般胴體及飛魚般翅膀的，應該是海棲的水躍蛙（Water Leaper）。除此之外，還有類似章魚及鰻魚的陌生魔獸，在多得數不清的水槽中游來游去。

這是蔚藍樂土最大的觀光名勝——「魔獸庭園」的大水槽。

「唔哇……」

曉凪沙從通道的扶手探出嬌小身軀，眼裡閃閃發亮。紮得短短的長髮每每在她探身時跟著規律擺動。

「真的好大喔。不愧是世界頂級的魔獸水族館……那個是不是馬？馬頭人魚？」

凪沙說著指向一隻上半身是馬、下半身是魚的奇特生物。取代馬鬃長出來的銀色魚鰭被水沾得濕潤晶瑩。那是一隻美得甚至有種神聖感的魔獸。

「妳是說馬頭魚尾獸（Hippocampus）對不對？牠是棲息在北海帝國沿岸的一種海馬。我也是第一次看到實物就是了。」

雪菜在凪沙旁邊為她解說。身為獅子王機關的劍巫，雪菜具備各種魔獸的知識，不過她過去實在沒機會在這麼近的距離下親眼見識瀕臨絕種的稀有海棲魔獸。儘管態度佯裝冷靜，難得的體驗仍讓雪菜掩飾不了興奮。

「那種眼睛好可愛耶……我也想餵餌試試看。」

凪沙語氣陶醉地嘀咕。

水槽角落有穿著潛水衣的魔獸飼育人員在餵食馬頭魚尾獸。為迎接明年正式營業，他正在教馬頭魚尾獸表演特技。

據說建造這座「魔獸庭園」的目的，是想靠參觀者的入場費收入來補貼研究魔獸所需的部分龐大經費。全球首創的馬頭魚尾獸表演秀似乎被園方期待為攬客的一大焦點，感覺飼育人員也相當有心在訓練。

和吸血鬼及獸人一類具備知識、能與人類溝通且受聖域條約保護的魔族不同，魔獸的保育行動起步得很晚。在社會上有許多魔獸依然被當成危險怪物，盜獵和虐殺事件層出不窮。

而且現實狀況是魔獸大多具備高戰鬥能力，會襲擊人類的種族更不在少數。

只要「魔獸庭園」這樣的設施變多、魔獸生態研究有成，人類和他們的共生或許就會更順利，但是這段路想來絕不平順。

沉浸於那層感傷中的雪菜旁邊，凪沙正對馬頭魚尾獸頂沙灘球的絕活歡呼叫好。雪菜默默望著她的臉龐。

「——雪菜，妳怎麼了？」

凪沙注意到雪菜納悶的視線，疑惑地偏著頭問。

雪菜微笑著搖頭回答：

「沒有。我是在想，妳會不會害怕……那隻馬頭魚尾獸。」

「哎唷……是古城哥對不對？他跟妳多嘴了吧！」

凪沙舉起雙手表現出憤怒，還大大地唉聲嘆氣。

「……多嘴？」

「就是我有魔族恐懼症的事啊。妳該不會連人家遇到事故而住院的事都聽說了？」

嗯——雪菜含蓄地點頭。曉凪沙在過去曾因為和魔族有關的恐怖攻擊事件而受重傷，據說從那以後，她就極端恐懼與魔族接觸。告訴雪菜那些事的其實不是古城，而是淺蔥，不過那應該也沒太大差別。

凪沙碰上魔族而錯亂驚慌的模樣，雪菜也目擊過好幾次。

而凪沙一直到剛剛都以為自己的魔族恐懼症並沒有穿幫，這倒是令人意外。

「我沒有歧視魔族的意思，不過對吸血鬼或獸人之類的還是有點怕。」

貌似沮喪的凪沙無力地坦承。然而，她回望一臉擔心的雪菜，立刻又開朗地笑著說：

「不過魔獸就沒關係喔。有男性恐懼症的人也不會怕公狗吧？再說我很喜歡動物，也不怕爬蟲類。可是昆蟲類我大概會受不了，像海蜘蛛我就不太敢領教。」

「昆蟲類……？」

蜘蛛並不是昆蟲——該糾正還是忽視呢？雪菜開始為了無關緊要的細節而煩惱。凪沙則興趣濃厚地默默探頭盯著雪菜問：

「欸欸，妳該不會是在介意古城哥和淺蔥吧？」

「嗯……有一點。只有我們能像這樣玩，感覺對學長他們過意不去。」

雪菜微微露出苦笑回答。

古城和淺蔥一抵達蔚藍樂土就被趕去打工，是大約一小時以前的事。

由於矢瀨也說要幫忙處理家中的事業就走了，剩下的雪菜和凪沙只好兩個人跑來參觀「魔獸庭園」。

雖然這樣也有這樣的輕鬆與好玩之處，不過基於負責監視古城的立場，雪菜多少有「這樣好嗎？」的罪惡感。

「妳是介意那個啊……」

不過，貌似失望的凪沙無力地垂下頭。看來雪菜的反應似乎和她追求的答案有點不同。

「咦？」

「哎，不能幫忙工作也沒辦法啊，我們還是國中生嘛。矢瀨也那樣說過了……還有問題不在那裡啦。妳想想看，我是在說淺蔥的事啊。」

「藍羽學姊怎麼樣了嗎？」

雪菜眨著眼睛反問。凪沙刻意擺出認真的表情回答：

「簡單說呢，雪菜妳對淺蔥是怎麼想的？」

「呃……她是個很帥氣的人，有膽識，然後又溫柔。」

這是雪菜發自內心的話。

畢竟她自己就被淺蔥救過兩次。第一次是在雪菜等人被黑死皇派抓走時；第二次是雪菜和紘神冥駕交手時。

在普通人會怕得動不了的情況下，淺蔥寫出了摧毀古代兵器的程式，更駭入ＭＡＲ設施的警備器救雪菜一命。獅子王機關的劍巫被沒受過任何戰鬥訓練的高中女生救了。從那以後，雪菜就對淺蔥抱有敬意，同時也懷著相同程度的戒心。然後——

「雪菜，我喜歡妳！」

「……咦？」

雪菜忽然被凪沙抱住，困惑得摸不著頭緒。凪沙看起來有些興奮，還用力握緊雪菜的雙手說：

「雪菜妳好厲害。了不起耶，有眼光。就是嘛，淺蔥既聰明又溫柔，而且還很帥氣。雖然我跟大家說這些都沒有人懂。」

「……沒有人懂？」

「對呀，大家都只會誇獎淺蔥的外表，特別是我們班男生！說什麼氣質火辣、想被她帶領著一步步學習大人世界的種種、感覺有在援助交際之類的……那些人真是夠了！」

凪沙似乎光想就火大，氣得像是在為自己抱不平。

雪菜傻眼地朝這樣的她看了一會，然後又說：

「妳很喜歡藍羽學姊對不對？」

覺得溫馨的雪菜一這麼問，凪沙就害羞似的微微點了頭。

對從來到絃神島以後曾度過漫長住院生活的凪沙來說，淺蔥是寶貴的同性朋友，同時也是和外界少之又少的一層聯繫。即使沒有那些因素，實際詮釋了「才貌雙全」一詞的淺蔥會讓凪沙感到崇拜倒也合情合理。

「如果淺蔥真的能變成我姊姊就好了……配古城哥太可惜的問題先放到一邊。」

凪沙認真嘀咕，讓人感覺那未必是開玩笑。對啊——雪菜差點就不小心認同，不過她覺得那樣對朋友的哥哥實在太失禮，才又吞吞吐吐地改口：

「呃……那個嘛……」

「可是雪菜妳也一樣啊！」

「……什麼？」

話鋒突然轉向，使得雪菜的思緒停了一瞬。

「我的確很喜歡淺蔥，不過人家的立場是中立的！我一定也會幫妳加油！所以嘍，我想聽聽看妳的真心話。不過，是不是別問比較好啊？唔哇，好煩惱喔……」

「呃，我想，妳有很多事情誤解了，我——」

舌頭打結的雪菜開始對抱頭苦惱的凪沙辯解。難道要挑明「我只是在監視妳哥哥而已」才行嗎？她總不能當著凪沙的面說這些。

然而凪沙絲毫不顧雪菜內心的糾葛，又說了：

「不過要叫妳姊姊，感覺有點抗拒耶……畢竟妳有一點靠不住……」

「靠……靠不住？」

朋友給的評價意外地低，讓雪菜受了些打擊。她萬萬沒想到凪沙會這樣看待她。雪菜自認是個有作為的人，正因如此刺激才特別大。

不反駁實在不行。情急之下，雪菜正要開口，隨後——

轟炸般的猛烈震動從雪菜她們的腳底直竄到頭頂，砰然搖撼增設人工島。

雪菜感受到腳下凹陷的錯覺，立刻伸手抓穩通道的扶手。

「這是……！」

「剛才的感覺……是什麼？」

猛一看，凪沙也用相同的姿勢抓著柱子。

不過，出現的變化僅此而已。

增設人工島的地面沒有搖動，水面並未生波。除了雪菜她們以外的客人依舊帶著笑容，繼續參觀「魔獸庭園」。

察覺異變的只有雪菜和凪沙——只有具備強大靈媒潛力的她們倆感受到這波看不見的衝擊。這恐怕是魔力波動——有人從某處釋放了足以撼動整座蔚藍樂土的爆炸性魔力。

難道——雪菜率先懷疑起古城。假如像過去他好幾次闖禍那樣，是第四真祖的眷獸失控，即使出現剛才那種規模的魔力也不足為奇。

可是，雪菜感受到的魔力明顯和古城的性質不同。

何止如此，她覺得魔力的來源並不在蔚藍樂土裡面。那是來自更遠的地方——離增設人工島十分遙遠、出於深海底部的產物。

反過來說，即使距離那麼遠，雪菜她們仍感受到了和第四真祖眷獸同等強大的魔力。既然如此——

不就表示釋放魔力波動的是淩駕第四真祖的怪物？

雪菜想到這種可能性，背脊頓時竄過一陣戰慄。

緊接著將她的思緒拉回現實的，是凪沙驚慌的尖叫。

「雪菜……妳看那些魔獸……！」

在凪沙說完以前，「魔獸庭園」的水槽已先劇烈搖晃。

陷入驚恐的魔獸們正失心瘋地在水中作亂。

魔羯魚的龐大身軀撞在水槽壁上，強化玻璃冒出令人發毛的咯嘎聲響。馬頭魚尾獸在水面一帶瘋狂打滾，飼育人員嚇得腿軟跌倒在地。

不過，牠們並無攻擊之意。那些魔獸只是在害怕。

魔獸對魔力比身為靈媒的雪菜她們更加敏銳，感受到那股強烈波動後，都急著想要逃離這裡——

「唔……！」

雪菜焦慮地咬住嘴唇。

縱使明白狀況，現在的她並無手段能鎮住那些魔獸。

雪菜手邊沒有「雪霞狼」，況且憑她一己之力，終究不可能讓水槽裡的所有魔獸無力化。要殺那些只是在害怕的魔獸也讓她於心不忍。

可是這樣下去水槽遲早會垮，應該會為蔚藍樂土帶來莫大損害。恐怕不只水族館區，在野地區域的魔獸應該也同樣陷入了恐慌。要是牠們逃到「魔獸庭園」外，一般遊客也會遭受危險。

該怎麼辦才好？就在雪菜快要被絕望擊潰的時候——

「——靜下來。」

凪沙唇間流洩出蘊藏寒氣的靜靜嗓音。

同時被釋放出來的，是感覺寒徹心扉的爆炸性魔力。

原本作亂的魔獸震懾於那股龐大魔力，同時沉默了。令受制於恐懼的心陷入絕望，反而能使牠們鎮定。

凪沙眼裡透著如平靜水面般的冷漠光芒。

那超然的氣息並不屬於普通人，深藏強大魔力的某人正附身在凪沙體內。力量足以匹敵第四真祖眷獸的某個人——

「妳是……」

雪菜拚命忍著淒厲的壓迫感，望向凪沙發問。

然而凪沙卻當著她的面，像斷線的傀儡般渾身失去了力氣。

彷彿害怕對凪沙的肉體造成負擔，附身匆匆告終。

「哇啊……！」

失去平衡的凪沙差點跌倒，被雪菜驚險地抱穩。

凪沙好似沒發現自己身上發生過什麼事，搖搖頭說：

「痛痛痛……咦？那些馬頭魚呢？」

「呃……」

不知該如何開口的雪菜沉默了。

相對的，從雪菜她們背後傳來了一陣陌生的沉靜嗓音。

雖有教養，卻顯得冷漠而不近人情，讓人有種距離感的嗓音。

「似乎平息下來了呢。」

冷不防傳來的說話聲嚇得雪菜回過頭。

嗓音的主人是個年輕女性。她獨自坐在通道角落的休息用長椅上。

古風的烏黑長髮非常適合這個美麗的少女，以黑色為基調的制服是出自絃神市內的某間名校。她在端莊併攏的大腿上捧著小巧的單眼反射式相機，靠在牆邊的黑色長筒大概是用來裝三腳架的盒子。

「──我有說錯嗎？」

黑髮少女望著驚訝的雪菜，將頭偏向一邊。她應該在近距離下目睹了眾多魔獸恐慌的模樣，卻表現得十分冷靜，沉著得不自然。

「沒有……妳說得對。」

雪菜遲疑之際還是點了頭。

眼前的少女給人無法捉摸的感覺，不過感受不到敵意。她只是在觀察雪菜她們而已，宛如監視著誤入庭園的稀奇小動物那樣——

「剛才的事真是恐怖呢。」

少女尋開心似的朝困惑的雪菜搭話。

雪菜依然扶著凪沙，含糊地點點頭問：

「呃，妳是——」

「照片。」

「……咦？」

「可不可以，讓我拍張照片？」

黑髮少女悄悄將相機鏡頭朝向雪菜她們。突然被她這麼要求，心慌的雪菜像是被記者追逐的藝人一樣，用手掌擋在眼前說：

「呃……那個，現在是我們的私人時間，所以……」

「是嗎？那可惜了。」

黑髮少女聽完雪菜意義不明的藉口，似乎微微地噗嗤笑了出來。她扛著三腳架盒子起身，像在說「再見」似的揚起嘴角。

「我們還會再見面。大概吧。到時候要是能相處融洽，我會很慶幸。」

黑髮少女最後說完這些就轉身走了。

她那意有所指的話使雪菜默默咬著嘴唇。

「剛才那個人……好漂亮耶。年紀是不是比我們大啊……？」

被雪菜扶著的凪沙咕噥著說出感想。

朋友毫無緊張感的態度讓雪菜差點忍不住苦笑，但聽到凪沙的下一句話，她才驚覺地倒抽一口氣。因為雪菜本身也無意識地發現了那一點。

「——雪菜，她有點像妳耶，氣質方面。」

2

灼熱陽光照耀下，寬廣游泳池池畔一隅。

藍羽淺蔥站在又小又擠的攤子收銀台前露出滿面笑容——顯得自暴自棄的接客用微笑。新買的亮麗泳裝上罩著印了土氣商標、只有吸睛效果特別好的白T恤。那是園區攤子「拉達曼亭斯」的工作人員T恤。

「你點的是三份炒麵、烏龍茶、可樂、香瓜蘇打，總共兩千兩百五十圓！古城！」

「收到，客人要三份炒麵！」

古城默契十足地接下淺蔥的點餐。和淺蔥一樣穿著工作人員T恤的古城站在攤子的廚房烤得火燙的黑色鐵板前。

「啊～～鐵板好燙……我要死了，我要焦了，我快化成灰了啦！」

古城一邊往鐵板上倒油一邊抱怨個不停。炒好的豬五花肉和蔬菜熱氣騰騰，讓攤子裡面的不舒適指數暴升。

畢竟他們原本是來度假村玩的，現在卻莫名其妙被逼來游泳池畔的攤子賣炒麵，會想表達一兩句不滿倒也是人之常情。

「這和說好的不一樣。我們不是來海邊舒舒服服度假的嗎！」

「囉嗦。熱的又不是只有你，安靜啦。」

淺蔥接過裝了剛做好的炒麵的盒子，並且喝斥滿腹牢騷的古城。

就像在為自己的話背書一樣，淺蔥同樣滿頭大汗。為了對抗暑氣而束起的頭髮底下，能窺見汗濕的白嫩頸根。

「哎，不過真的好熱呢……古城你也要補充水分喔。會脫水昏倒的。」

「好……好啦。」

古城接下淺蔥喝一半遞過來的寶特瓶，喉嚨「咕嚕」地冒出吞嚥聲。

不知道淺蔥本人有沒有自覺，但是被汗水沾濕的T恤緊貼肌膚，讓她的身材曲線鮮明浮現。不知為何，比起一般穿著泳裝到處晃，這樣更讓人莫名在意，還有從T恤下襬露出的白淨大腿也很煽情。在狹窄的攤子裡，不管怎樣都會貼近距離，更是讓人介意。

「古城……你怎麼了嗎？」

看到古城鬼鬼祟祟，淺蔥納悶地把臉湊過來。

古城連忙將視線從她身上別開。

「啊，沒事，我是在想，妳這樣穿也滿合適的。」

「合適不會是指這件T恤吧？」

淺蔥看著自己穿的T恤，感慨萬千地深深嘆氣。

讓對時尚的關心比別人多一倍的她來看，針對這件T恤的土氣商標，八成有許多想法不吐不快。

「我總覺得完全沒被誇獎耶。不過還是謝謝你啦。」

古城望著不悅地轉開臉的淺蔥，偷偷露出苦笑。

他認為合適的並不是淺蔥穿的T恤，而是她在攤子工作的模樣。

本性和外表相反的淺蔥很認真，就算唸東唸西也還是一樣賣力。面對不熟悉的服務業，她仍懂得活用生來靈光的頭腦和記憶力，不出差錯地應付午餐時間的擁擠時段。而且因為交情夠久，淺蔥和待在廚房的古城也配合得默契十足。

幸虧如此，古城他們這些外行人在攤子裡勉強忙得過來，即使含蓄地說，他也覺得這樣算是表現出色了。彷彿在佐證古城替自己打的分數，被稱作主任的女店長心情絕佳地叫了古城他們。

「辛苦嘍。你們真厲害耶。老實說，沒想到你們這麼能幹。這下要感謝小基了。」

「小……小基？」

和矢瀨不相襯的可愛綽號讓古城與淺蔥忍不住想噗嗤笑出來。聽說主任似乎是矢瀨哥哥的朋友，不過從矢瀨被叫成「小基」這點來看，他本身應該也和主任熟到一定程度。之後要好好追問才行——淺蔥如此對古城使了眼色，古城同樣用眼神表示同意。

不知道主任明不明白他們的想法，只是親切地微笑著說：

「做不熟悉的工作很累吧？你們可以輪流去休息喔。」

「好的，謝謝妳。古城，你可以先去喔。」

「抱歉。多謝啦。」

古城擦著額頭上的汗水，呼了一口氣。一直守在熱得要命的鐵板前實在讓他累翻了。

「對了。回辦公室時，可不可以順便請你跑外送？把這些送到救生員室。」

「了解。」

排到休息讓古城心情變得輕鬆，因此爽快地答應了主任拜託的事。交代給他的是大杯飲料二十人份，一個人拿會滿重的。

「救生員室……呃，是在這裡啊。救援中心……有夠遠的！」

從拉達曼亭斯看過去，外送地點建築物剛好是在游泳池對面，以路程來講大約一公里遠。那似乎是聚集了救生員室、醫護室、走失孩童協尋處的一棟大樓。

「可惡……上當了。那個主任說要給我們休息，結果只是自己不想跑外送而已嘛！」

古城一邊咒罵一邊還是腳步沉重地走向救援中心。現在回想起來，淺蔥會讓他先排休，或許就是因為察覺到主任有什麼目的了。

儘管是測試營運期間，泳池區仍相當擁擠。

在水裡嬉戲的人們看起來很清涼，和走在熱燙水泥地上的古城形成對比。羨慕和嫉妒過了頭，使得要送的貨在手上格外沉重。等古城繞過流水游泳池，總算抵達目的地時，已經精疲力盡了。

「你好……我是拉達曼亭斯！送飲料過來了！」

古城用運動型男生特有的豪邁大嗓門朝救援中心叫門。

「哦，這邊這邊。等好久了。」

從救生員室出來露臉的是個曬得黑黝黝、穿競賽泳褲的男救生員。體型是精壯的倒三角形，隆起的大胸肌把Ｔ恤撐得快要爆開了。

古城將裝滿飲料的紙袋交給救生員先生後，對方露出皓齒一笑，眼神驀地變得犀利。

「……唔？」

「怎……怎樣？」

被人瞪大眼睛盯著，古城僵住了。救生員先生默默繞到古城旁邊問：

「你叫什麼名字？」

「古城。曉古城。」

「嗯……沒想到你身材挺好的。要不要來當救生員？蔚藍樂土（我們這裡）也有考執照的講習課程，我可以幫你介紹喔？而且工作人員用的健身房設備也很完善。」

他說著悄然伸出手摸上古城的背，像是要確認他的肌肉狀態如何。

「不……不用，我心領了。因為我還有攤子的打工要做。」

「這樣啊。等你有意隨時告訴我。再怎麼說，救人的工作都是很棒的喔！」

救生員先生手扠腰，開朗地「哈哈哈」笑了出來。古城帶著尷尬的笑臉點了頭，然後落荒而逃地離開救生員室。要是繼續聽對方講，感覺遲早會被拉去一起健身。古城並不討厭運動，但天氣本來就夠熱了，假如還要和這個熱血陽剛的肌肉男一對一健身，他會全力婉拒。

「……受不了……休息時間根本沒剩多少嘛。」

古城抬頭看了救援中心牆上的時鐘，然後無力地嘆息。

這時，忽然跑進眼簾的少女身影讓他莫名有點在意。

那是個穿著藍色兩件式泳裝，外頭披著尼龍連帽衣的年幼女孩，年紀大概十一二歲。她揪著寬鬆的連帽衣袖口，一個人無助地坐在走失兒童協尋處的長椅上。

少女一發現自己和古城對上眼，便將頭轉了過去。

剪齊及肩的捲髮翩然搖曳。

接著，她起身走向走失兒童協尋處的櫃台說：

「謝謝，我找到陪我來的人了，已經沒事了。多謝你們照顧。」

少女說完以後，規規矩矩地向辦事人員行禮。

這個走失的小朋友還真懂事——古城心裡有些佩服。照這樣看來，似乎用不著操心。古城這麼判斷以後，又沿著來時的路走向攤子。

「——你好慢！」

古城回到攤子，等著他的是淺蔥鬧脾氣的怨恨眼神。

看來在古城送外賣時，淺蔥幾乎是獨力打理攤子。偏偏團體客好像就在那種時候湧來，廚房四周呈現像是暴風過境的慘狀。忙碌的反動讓淺蔥徹底發火了。

「對不起啦！外送的地方太遠了，沒辦法吧！」

「哦……」

淺蔥冷眼看著辯解的古城，表情看來莫名瞧不起人。

「所以，那個女生是誰？你總不會說是搭訕拐來的吧？」

「……搭訕？」

妳在講什麼啊——古城感到困惑，並順著淺蔥的視線轉過頭。

眼前有個面熟的小學生。穿著尼龍連帽衣的女孩子，柔軟的捲髮顏色明亮，大大的眼睛讓古城聯想到脾氣難伺候的貓，是個令人印象深刻的少女。

她一語不發地杵在原地，還盯著古城背後。

「咦？妳是剛才在救援中心的走失兒童……？」

古城訝異地開口，於是小學生怯懦地向他點頭行了禮。她的眼裡有著交雜戒心和期待的複雜感情。

「我叫江口。江口結瞳。」

少女語氣生硬地報上姓名。古城對她那樣的反應感到有些困惑，問了一聲：

「……結瞳？」

「是的。或許這是個讓人覺得孩子氣的怪名字……對不起。」

「會嗎？我覺得挺不錯啊。很可愛吧？」

古城把想到的感覺直接說出口。名字更怪的人在這年頭要多少有多少，說起來「古城」這個名字也同樣夠奇怪的了。

不過古城的回答似乎讓少女有些意外。她眨了眨大眼睛，然後紅著臉垂下視線說：

「這……這樣嗎？就算是客套話，我還是很高興。」

「——你幹嘛灌人家迷湯啊？對方還是個這麼小的女孩子。」

古城隨即被淺蔥打了後腦杓。

我做了什麼嗎——太沒道理的狀況讓差點飆淚的古城一邊瞪著淺蔥一邊問少女：

「好啦，妳是叫結瞳嘛。找這間店的人有事嗎？」

「請不用擔心，我要找的人就是你。你是曉古城先生，對不對？」

結瞳說完就抬頭盯著古城。她握在手裡的是一張留有撕破痕跡的皺照片。

「妳怎麼知道我的名字？我們是第一次見面吧？」

「是古城先生的女朋友告訴我的。她說有困難的話，可以來拜託你。」

「女……女朋友？」

淺蔥喊得聲音變了調。古城面對惡狠狠瞪過來的淺蔥，連忙搖頭否認：

「呃，不對不對！我心裡根本沒有數！」

「那個，恕我多嘴，我認為外遇是不好的。居然對女生劈腿……」

結瞳看著古城和淺蔥互動，用帶著少女本色的潔癖口吻提出忠告。

啊——古城捧著頭大吼：

「就說過不是了啦！誰跟妳亂造謠的！」

「是一個高高的漂亮大姊姊。胸部很大，頭髮綁得像這樣。」

「……大胸部的馬尾女生……難道是……」

「煌坂？」

聽完結瞳說明的古城和淺蔥面面相覷。

要有什麼樣的誤會，才會讓自己和那個討厭男人的女生被誤認成一對——古城由衷不解地歪著頭。相對的，淺蔥頗能理解地點點頭，一副「原來如此」的態度。

「等等，妳說妳見過煌坂，難道她也來蔚藍樂土了？妳們之間是什麼關係？」

古城重新振作精神又問了。

結瞳臉色陰鬱，聲音虛弱地嘀咕著回答：

「她……救了原本被關起來的我。」

「妳被關起來？」

結瞳說出的聳動語句使古城的眼神變得嚴肅。

綁架、監禁，或者人口販賣——讓人不太願意想像的討厭單字陸續閃過古城腦海。除了古城他們這種特例，只有特別受招待的人才會造訪測試營運中的蔚藍樂土——換句話說，就是有錢人或具社會影響力的大人物親屬，就算變成綁架對象也不奇怪。

再說，要是結瞳被捲入綁架事件，紗矢華會救她也能夠理解。紗矢華在負責對付魔導犯罪的獅子王機關旗下擔任「舞威媛」一職，十分有可能正在調查之前監禁結瞳的組織。

「所以，煌坂那傢伙現在在哪裡？」

「我不清楚……」

古城粗心的問題讓結瞳回答的聲音變得無助而顫抖。

眼看結瞳的眸子濡濕，大顆淚珠撲簌簌地落下。她原本拚命壓抑的情緒，在古城不經大腦的一句話之下潰堤氾濫。

「我們在逃跑途中被追上來的人發現了，她要我先走，還說之後會立刻趕上。可是，我怎麼等她都沒有來，所以就——」

結瞳打了好幾個嗝，聲音軟弱且斷斷續續地說出原委。

古城看到她開始嗚咽，慌得腦子裡一片空白。

「啊，等……等一下，別哭啦！呃，叫妳別哭了啦，結瞳！對了，要不要吃炒麵？有炒麵！還有飲料喔！」

「……你到底在瞎攪和什麼啊？」

淺蔥看著拚命想安慰結瞳的古城，懶懶地托起腮幫子。

看來他們這次又被捲進麻煩事了。

3

古城等人的打工在下午五點結束。雖然主任顯得很遺憾，但由於攤子在接下來的時段會賣酒，似乎就不能讓未成年人幫忙工作了。

古城拖著炒麵炒到累透了的身子離開拉達曼亭斯的辦公室，背上則揹著熟睡的結瞳。和古城等人見面以後，結瞳繃緊的神經似乎斷了線，就在哭累以後直接睡著了。

「……查不到耶。紘神市的登記市民裡面，沒有叫江口結瞳的女生。」

淺蔥操作愛用的智慧型手機皺起臉。她似乎入侵了人工島管理公社的伺服器，並且連上個人情報資料庫。淺蔥大概是想只要查出結瞳的身分，就能聯絡到她的監護人——

「我也查了登記魔族的名冊，無人吻合。過去的記錄也找不到。」

「……這表示結瞳不是住在紘神市嘍？」

「大概啦。她總不可能報假名吧。」

「哎，我想也是。」

古城也對淺蔥的猜測表示同意。結瞳被誇獎名字時的反應相當自然，想來那不會是演技。而且也想不到她和古城等人初次見面，有什麼理由要報假名。

「畢竟蔚藍樂土算觀光勝地嘛……就算她是從本土來的也不奇怪，對不對？」

「就是那麼回事嘍。所以，要怎麼辦？還是先交給警方嗎？」

淺蔥看著結瞳睡著的臉龐問了。

假如結瞳所說屬實，她就是綁架事件的受害者，她的父母也有可能已經報案找人。照常理來想，把她交給警方保護應該最妥當。不過——

「不對，去找警察以前，先讓她和姬柊見個面看看。」

「……讓她見姬柊？」

「雖然有可能是我想太多，不過我很介意煌坂救她這件事。說不定綁走結瞳的那些人並

不是普通警察能應付的對手。」

那樣也有那樣的麻煩就是了──古城嘆著氣心想。

會扯上獅子王機關，綁架犯極有可能是魔族或魔導罪犯。假如他們想搶回結瞳而發動襲擊，普通警官大概完全招架不了。

如果是那樣，把結瞳留在身邊還比較放心。先不講古城，畢竟雪菜可是獅子王機關的劍巫──專門對付魔族的好手。紗矢華恐怕也是希望讓雪菜接手保護，才要古城照顧結瞳。

「哦──是喔……所以煌坂也是她的伙伴嘍？她們那個組織是叫獅子王機關？」

淺蔥口氣似有不滿地問了。

她直到最近才得知古城變成吸血鬼，以及擔任其監視者的雪菜真面目為何，會有這樣的反應要說當然也是當然，不過淺蔥好像還在記恨自己始終被蒙在鼓裡這一點。

哎，那種心情是可以理解──古城想到這裡，揹著結瞳聳了聳肩說：

「煌坂被分配到的單位似乎跟姬柊不一樣，反正事情她還是可以問得到吧。」

即使隸屬同一個組織，聽說身為劍巫的雪菜指揮系統和身為舞威媛的紗矢華完全不同，好像常有不清楚彼此任務內容的狀況。

紗矢華偶爾會打電話給古城，對雪菜的近況打破砂鍋問到底，據說也是上頭遲遲不准她直接聯絡本人所致。話雖如此，紗矢華來問被雪菜監視的古城，感覺也不太對勁就是了。

「那個獅子王機關，是什麼樣的組織？」

「呃，她說是設在國家公安委員會……還什麼底下的特務機關，主要任務是防止大規模魔導災害或恐怖攻擊之類。」

古城提到了過去從雪菜那裡聽來的一些半生不熟的知識。

獅子王機關據說是源自平安時代守護宮中不受鬼怪侵擾的「瀧口武者」。那當中負責直接和魔族戰鬥的人叫「劍巫」，負責鎮壓內亂或保護重要人士的人則被稱為「舞威媛」。

簡單來說，劍巫負責的就是除滅魔物，而舞威媛負責對應恐怖攻擊。古城受到身為劍巫的雪菜監視，說起來就是被當成怪物一樣對待。

「哦……那麼，她們組織的規模呢？有多少人在那裡工作？薪資怎樣？福利好不好？」

「我沒聽她們提過耶。話說，調查那些是妳比較擅長吧？」

「查過卻沒有頭緒啊。類似都市傳說的假情報太多，我掌握不到全貌。那種組織大多會和外部網路區隔開來，也沒辦法直接駭入。」

淺蔥說著像孩子似的嘛起嘴。就算是天才駭客，好像也搜不出網路上沒有的資訊。

「好奇的話，直接問姬柊就好了吧？雖然也不知道她掌握到什麼地步就是了。」

畢竟她總歸是試聘人員嘛——古城在嘴裡偷偷嘀咕。

光提戰鬥能力，雪菜即使稱為一流也不為過，但就算恭維也不能算機靈。感覺她對組織

內情或政治事務都頗生疏。

「……倒不如說，你怎麼連那點小事都不熟啊？不是已經被她跟進跟出，跟了三個月以上了嗎？」

「沒辦法吧，我又沒興趣。不熟會有什麼問題嗎？」

「與其說有問題，那樣很危險不是嗎？」

「……危險？」

不明所以的古城感到困惑，淺蔥用了認真無比的眼神看著他。

古城無心間想到的是——這傢伙一擺出這麼認真的臉，真的就是個美女——如此不搭軋的感想。淺蔥彷彿看透了他的內心，一臉傻眼地嘆著氣說：

「政府的機關到底還是公家機構嘛，和組織間的利害衝突或搶地盤脫不了關係。再說自家人內部未必沒有派系鬥爭啊。」

「姬柊和煌坂感情亂好的就是了，而且她們兩個就像姊妹一樣。」

「就算她們兩個感情好，以組織的角度來看是怎樣就不知道了啊。況且我們也不知道獅子王機關和警方或其他組織的關係是什麼樣的情形。」

「……妳說那些，該不會和結瞳的事有關吧？」

古城壓低音量詢問，避免吵醒睡著的結瞳。淺蔥在擔心什麼，他覺得自己總算看出一點端倪了。

「有沒有關係倒不清楚，我只是覺得無條件地信任不太對。說這個並不是針對姬柊或煌坂個人，而是獅子王機關這個組織。」

「我並沒有信任他們就是了……」

古城反而是處在被獅子王機關監視的處境。何止如此，他動不動還會被人用破魔聖槍抵著，落得性命受威脅的立場。

「不過，妳想講的我懂了。意思就是煌坂她們做的事不一定真的是正義對吧？還有，結瞳也未必是普通小學生。」

「哎，差不多是這樣。」

淺蔥似乎是覺得自己講這麼嚴肅的事很奇怪而感到害羞，笑起來有挖苦的味道。

「正義也好邪惡也好，都是立場一變馬上就會翻盤的東西嘛。畢竟任何人或組織都有表裡兩面。」

或許是喔——古城含糊地附和。

結瞳說是紗矢華幫助遭囚禁的她逃走的。

所以古城相信結瞳。他擅自將結瞳想成被綁架的受害者，紗矢華則是為了救她才會對抗犯罪組織。

可是不對，古城不能這樣斷定，因為獅子王機關並不是無條件對人們伸出援手的正義使者。說得極端一點，甚至紗矢華幫身為落網罪犯的結瞳逃獄的可能性也並非為零。

那種情況下，保護結瞳的古城等人也會淪為共犯。

「不過……總之我問妳，這樣看起來有可能是壞人嗎？」

古城指著結瞳毫無防備的睡臉，隨口問了一句。

唔──淺蔥也回神過來，咕噥著回答：

「……再怎麼說也不會吧。哪怕真的是壞人，要丟下這個女生也有點於心不忍。」

「對吧。先帶她回別墅，之後的事之後再想好了。反正矢瀨也說床會多出來。」

就算我們在這裡煩惱也沒用嘛──古城提議將問題延後再論。淺蔥一語不發地甩甩手，像是表示她沒異議。

古城他們要去泳池區中央的巴士站。蔚藍樂土園內有自動駕駛的巡迴巴士，聽說搭那個就能免費回別墅。

但是在走過路口前，淺蔥像是忽然想到了什麼，停下腳步問：

「等等，古城，你現在有沒有帶錢？」

「錢包我有帶啦……問這幹嘛？」

「回別墅以前要先買衣服給結瞳換才行啊。總不能讓她一直穿著泳裝到處晃吧。還有鞋子也要買。」

「啊，說的也對……」

想得還真周到——古城感到佩服地從泳褲口袋裡拿出錢包。

「咦？所以是我付錢喔？妳應該也有帶錢包吧！」

「這是你撿來的女生吧。之後再去跟煌坂報帳啦，我會幫你拿收據。記得在這前面有間不錯的服飾店耶。」

「……是我的錯覺嗎？感覺那店面有夠高檔耶……」

「那是首度登陸日本的品牌喔，據說是阿爾迪基亞王室的御用服飾。」

「喂！」

淺蔥不由分說地搶走古城的錢包，直接走向高級名牌店。她顯然滿心想亂花錢，古城臉色慘白地連忙追了上去。

4

買了一堆衣服回別墅的淺蔥立刻就起勁地開始整理貨色。

結瞳還沒醒來，睡在女生房間的床上。

沒事可做的古城決定去洗澡。被海風、汗水以及炒麵醬味道沾得滿身的他在用沐浴乳仔細清洗時，玄關一帶變得鬧哄哄的。看來是分頭行動的雪菜她們回別墅了。

古城會覺得不太對勁，是因為凪沙格外安靜。眾人公認多話的凪沙幾乎什麼也沒說。取而代之傳來的是雪菜顯得不安的嗓音。

「……妳沒事吧？凪沙？嘴唇顏色變得好恐怖耶……」

「嗯，沒事沒事。休息一下立刻就會好了。」

古城可以感覺到讓雪菜用肩膀攙著的凪沙笑得很虛弱。她那細語般的聲音無力顫抖著，似乎隨時消失都不奇怪。

「……凪沙！」

古城連濕頭髮都沒擦就急忙衝出浴室。雪菜發現古城上半身赤裸，嚇得目瞪口呆。

凪沙無力地朝說不出話的古城揮揮手說：

「啊，古城哥，你先回來啦。打工辛苦了。」

「現在哪是悠哉問好的時候！」

徹底心慌的古城說話的聲音都變調了。凪沙平時表現得開朗活潑，但是體力絕對不算好。畢竟她直到去年都還反覆出院住院，兩個星期前也才因為貧血而昏倒。

「姬柊，告訴我，凪沙是不是又昏倒了？」

「呃，那個……」

被逼問的雪菜有些困擾地轉開視線，讓她扶著的凪沙則像惡作劇穿幫的小孩一樣，嘻嘻笑著說：

「唔，我在遊樂園區連續坐了三次雲霄飛車，結果就變這樣了。」

「……雲霄飛車？」

「哎呀，蔚藍樂土知名的入水式飛車『冥王』真的好厲害，會從高度九十七公尺用一百八十公里的時速往海面下墜喔，超有魄力的。」

「那樣是誰都會昏倒吧！那種東西妳為什麼要連玩三次！」

古城傻眼地吼了說得毫不心虛的凪沙。

唔——單方面挨罵的凪沙像隻鬧彆扭的小貓，鼓起臉頰說：

「難得有免費招待券嘛，我覺得不多坐幾次就吃虧了。還有，我們是和古城哥分開行動，去游泳池也沒有對象可以秀泳裝，不是很無聊嗎？雪菜心裡一定也是這麼想的。」

「咦……！」

意外受牽連的雪菜一時回不了嘴，當場愣住。

然而，古城隨便聽完凪沙的說詞又反駁：

「那種事不重要啦。妳去躺一下，等晚飯準備好我會叫妳。」

「是～～」

凪沙噘著嘴回答，並且躺到客廳的沙發上。說來說去她似乎還是很虛弱，一下子就聽見微微的打呼聲了。

看著她入睡的古城嘆了氣，然後轉頭看向杵在走廊上的雪菜。

「也要向姬柊妳說聲抱歉，麻煩妳了。」

「那種事不重要，是嗎……這樣啊。」

「呃……姬柊？」

「沒有，沒什麼。」

雪菜不帶感情地瞪著古城回答。

古城搞不懂她不高興的理由，有些不知所措地說：

「算啦。不好意思，才剛回來就有事找妳。我想讓妳見個人，能不能陪我來一下？」

「啊，好的。」

或許是雪菜體會到古城認真的態度，儘管一臉納悶還是立刻點頭答應他。

古城帶著她爬上別墅樓梯，前往二樓的女生房間。淺蔥和還在睡覺的結瞳應該在那裡。

「……聽著，姬柊，不要驚慌，冷靜聽那個叫結瞳的女生講的話。」

「好……好啊。」

替雪菜著想的古城苦口婆心，先說了一段算是開場白的話。

對雪菜來說，紗矢華是情同姊妹的前室友，而紗矢華說不定碰到了危險。雪菜得知那些難保不會方寸大亂，見結瞳以前讓她有個心理準備應該比較好——這是古城的心思。雖然雪菜看古城的眼神越來越懷疑，不過讓她這樣戒備才妥當。

古城一邊想著一邊把手伸向女生房間的門把說：

「我進去嘍，淺蔥。」

「——咦？等……等一下！」

結果淺蔥和結瞳半裸坐在床上的模樣映入無心打開門的古城眼簾。她們正在試衣服。背對古城、正打算從頭頂將洋裝套到身上的結瞳還算幸運；而淺蔥才剛把泳裝脫掉，處於右手拿著比基尼上衣，只有左手遮著胸口的狀態。古城沒有心理準備，呆愣看著她們那副模樣說：

「奇……奇怪？」

「奇怪個頭！你為什麼門都不敲就進女生房間啊！」

淺蔥起身並一腳踢飛擺在床邊的鬧鐘。無旋轉射過來的鬧鐘砸中毫無防備杵在原地的古城側腹部。

「唔喔！」

彈到走廊上的古城發出呻吟。

雪菜默默地關上女生房間的門，然後低頭看著叫痛的古城，感慨地嘆了氣。

「學長……」

5

當天的晚餐是烤肉。因為別墅庭院備有烤肉爐，而且之前單獨行動的矢瀨帶了大量的生肉回來。

「呀喝～～！有肉，有肉——！」

在傍晚夕色中，格外興奮聒噪的同樣是矢瀨。他待在顧炭火的古城旁邊，大口大口啃著烤好的肉說：

「你有吃嗎？古城？這可是本大爺弄來的豪華高級生肉！」

「煩死了，我有吃啦！你也稍微幫忙烤肉好不好！很熱耶！還有這哪叫高級肉……上面根本就貼著限時特價大拍賣的貼紙嘛。」

這傢伙真的是有錢人家的少爺嗎——古城如此懷疑，拿團扇搧著炭火。

明明是來度假游泳池玩，為什麼我一整天都要站在鐵板前？古城這麼問自己。近距離承受炭火的熱度，比想像中更熱而且耗體力。

「對了，矢瀨——你在我們打工時一個人跑去哪裡啦？」

「嗯，我說過吧？幫忙處理家裡的事業啊。」

矢瀨吃著烤熟的五花肉回答。古城用疑惑的眼神看著他問：

「來這種觀光勝地，你是在幫家裡什麼忙？」

「哎，視察島上啦。比如從一般人的角度觀察設施方便度、替執勤人員打分數、拍一些要用在小道消息網站上的照片……」

「照片？我可以看一下嗎？」

「唔……！」

正在吃東西的矢瀨還沒回答，古城就打開了他那台數位相機的電源。液晶螢幕上顯示的，是古城和淺蔥在攤子融洽地工作的模樣。

咳——古城不由得嗆到並吐槽：

「視察個頭！你只是在偷拍嘛！」

「不不不，不是那樣。那是順便拍的，重點是這邊的戲水泳裝美女寫真集——」

「那樣更惡劣！」

古城毫不猶豫地點選刪除數位相機的所有資料。唔啊啊啊啊啊——矢瀨發出哀號，淚眼汪汪地吃肉發洩。

「呀喝，有肉耶～」

凪沙沒有理這樣的矢瀨，而是在結瞳旁邊玩鬧。

總算從雲霄飛車後遺症恢復過來的凪沙非常中意結瞳這個女生，連一秒都不想放開她。就身為么女的凪沙看來，似乎就像多了個妹妹一樣高興。

「不過，嚇了我一跳耶。沒想到古城哥會撿到這麼可愛的女生回來。」

凪沙佩服似的表示讚賞。「嗯。」矢瀨也交抱雙臂深深同意。

「能拐到小學生真是意外的才能。我對你刮目相看了，妹控不是當假的。」

「妹控跟這完全無關吧！」

基本上我又不是妹控——古城這句反駁被在場所有人忽略了。即使如此，古城仍不死心地高呼：

「我剛才就說過了，這個女生是姬柊的朋友帶來的。和她聯絡上以前，我們只是幫忙照顧一下而已——」

「結瞳妳也吃吧，不用客氣。」

凪沙背對著不停辯解的古城，特地將烤好的肉分給結瞳。換上可愛洋裝的結瞳則是有禮貌地對她點頭答謝。

「好的，我開動了。還有，我想凪沙姊姊也要多吃一點蔬菜比較好，因為光吃肉營養會不夠均衡。」

「唔……妳好懂事。不過說歸說，結瞳妳也把胡蘿蔔留下來了耶。」

微笑得有點壞心眼的凪沙開口糾正，讓結瞳心虛地低下頭。

「那是因為……呃，我只有胡蘿蔔不敢吃。要是磨成泥加進咖哩裡，我就敢吃了。」

結瞳乍現的稚氣模樣讓凪沙眼睛發亮，又扭動又發抖。

「好……好可愛！我現在就去做咖哩！」

「冷靜啦。至少等明天晚飯再做。」

古城設法安撫了興奮的凪沙，疲憊地搖頭。

接著他把視線轉向坐在長椅邊邊的淺蔥。她從剛才就完全沒碰食物，只顧一個人氣悶地望著海。

古城看不下去，起身對淺蔥說：

「淺蔥，肉烤好了喔。這是免洗筷，甜味醬料在這邊，那邊是中辣的。」

古城說著專程把餐具端了過去。可是淺蔥一聲不吭地從他手裡搶了筷子，然後就轉向旁邊，像是叫他滾一邊去。

「……剛才的事情，你還沒道歉嗎？」

搞什麼嘛——古城一臉不滿地走回來，結瞳則用關心的語氣這麼問他。古城嘔氣似的搖頭說：

「我道歉啦，而且好幾次。可是她一直記恨，真不成熟。」

「我想淺蔥姊姊並沒有真的生氣就是了，只是你關心的技巧不太好。」

結瞳委婉地提出忠告。

然而，古城無法接受地嘟著嘴說：

「叫我關心……雖然沒敲門確實是我不對啦，但她還不是忘記鎖門，還用鬧鐘砸我的肚子，所以已經算扯平了吧？」

「我想就是這樣的態度不行。當時淺蔥姊姊是穿新泳裝，你卻什麼也沒說。像現在這套衣服也是她換了好幾次才決定好的。」

「……咦？那些和這件事有關係嗎？」

古城聽不懂意思，一臉認真地反問。基本上，對於只穿了下半身的泳褲，到底有什麼好說的？

唉——結瞳死心似的深深嘆息，然後怨怨地望著古城。

「還有，被你看見換衣服的人不只淺蔥姊姊耶。」

「啊……呃，對……對不起，是我錯了。」

「我明白了，原諒你。」

結瞳看著低下頭的古城，使壞似的微笑了。她的眼睛之所以還有點紅，大概是哭著睡著的關係。儘管結瞳在人前表現得堅強，根本來說她現在的處境仍然不穩定。

受古城誤闖更衣中的女生房間一事影響，關於結瞳被監禁的事，到現在他們還沒問清楚。結瞳本人似乎也拿不定主意，不知該從哪說起。

話雖如此，古城他們到現在也不是什麼都沒做，只顧烤肉而已。

「——學長，手機還你，謝謝。」

從別墅偷偷跑回來的雪菜將之前借的手機遞給古城。

為了確認情況，她打了電話給獅子王機關。

「怎麼樣？和煌坂聯絡上了嗎？」

古城將臉湊向雪菜，小聲地問狀況。雪菜靜靜搖搖頭說：

「沒有。舞威媛出任務時，一切聯絡都是被禁止的。畢竟那原本是為了執行詛咒或暗殺才有的單位……啊，暗殺任務現在很少見，不過這陣子保護重要人士或潛諜工作變多了。」

「是喔……聽妳這麼一說，那都是情資外洩會很嚴重的工作嘛。」

儘管古城皺著臉，對狀況還是能夠理解。既然通訊被禁止，代表除了等待紗矢華的定期報告以外，就算是獅子王機關本部也沒辦法和她取得聯繫吧。難怪古城打了好幾次電話給她都沒有人接。

「是的。所以，他們也沒有告訴我紗矢華的任務內容。」

雪菜遺憾似的垂下視線嘀咕。

給妳——古城端了一盤剛烤好的肉給雪菜。

不好意思，那我開動了——雪菜說著接下盤子。

「只不過，照師尊大人所言，他們並沒有派替代紗矢華的舞威媛過來。」

「……師尊……啊，喵咪老師嗎……」

古城想起在獅子王機關分部見到的雪菜師父。即使說是「見到」，實際上古城看見的只是受她操控的貓咪使役魔。

「換句話說，煌坂目前還在執行任務嘍？」

「至少我想還活著這一點不會有錯。」

雪菜答得強而有力，像是在告訴自己。

她不知道紗矢華來蔚藍樂土有什麼目的，但是假如她無法繼續執行任務，獅子王機關應該會立刻派其他舞威媛接任。

反過來說，從「替代紗矢華的舞威媛沒到」這項事實應該能推斷她人還平安。

「可是，既然如此，為什麼那傢伙沒有過來接結瞳？」

「我也不清楚……也有可能是把結瞳交給學長保護以後，她就放心了。因為做為小學生的保護者，學長是世界最強的。」

「呃，妳這樣說不太對吧……」

雪菜這句容易招來誤解的敘述讓古城忍不住吐槽。她這麼說的根據在於第四真祖是世界最強吸血鬼，但是被講得像世界上最有熱忱保護小學生的人就傷腦筋了。

基本上，古城不覺得紗矢華有那麼信任自己。

再說，紗矢華大可趁現在坦蕩蕩地過來見雪菜，平時那麼想和雪菜見面的她沒有道理會眼看著機會溜走。

這樣的話，紗矢華大概還是有某種無法和結瞳會合的因素。看來她似乎處在比想像中還要棘手的狀況。

「呃……說不定，那個大姊姊是打算和莉琉見面。」

結瞳像是在關心沉默下來的古城和雪菜，咕噥著說了一句。

古城有些訝異地瞇起眼睛問：

「莉琉？那是誰？」

「她是我姊姊。」

「結瞳的姊姊……？」

「是的。她和我一起被關在久須木幸福企業的研究所。」

結瞳一點一點地用簡短句子說明。

古城和雪菜互相交換了眼神，然後朝彼此點頭。

除了結瞳以外還有相同遭遇的少女，這是一項意外的情報。不過另一方面，也有別的部分令人釋懷了——之前受到監禁的結瞳沉著得讓人覺得不可思議；還有她現在仍然表現得很堅強。假如被關起來的不只結瞳一人，她的姊姊也在同一座設施，兩項疑問就獲得解決了。而紗矢華仍繼續搜索名叫莉琉的少女，這樣的假設也能感受到相當的說服力。

「久須木幸福企業這名字，好像在哪聽過。」

「那是蔚藍樂土的出資者啊。應該主要負責營運『魔獸庭園』。」

雪菜立刻回答古城的疑問。她們在幾小時前才去過那座「魔獸庭園」。

「對喔，蔚藍樂土的簡章上頭有寫……我記得他們是經手產業用魔獸的進出口和繁殖的公司……」

古城說著表情嚴肅起來。如果結瞳所言屬實，她被捲入的就不是普通的綁架事件，而是牽涉到企業的組織犯罪。

「——表示蔚藍樂土的經營公司就是綁架結瞳她們的主使者？」

「這樣的話，也能理解獅子王機關派紗矢華來的理由了。因為應對有組織的國際魔導犯罪，是紗矢華那些外務人員的工作。」

如此說完的雪菜表情同樣變得嚴肅。久須木幸福企業是知名公司，縱使由獅子王機關出面，沒有確切證據也無法踏進一步，所以紗矢華才會暗中進行搜查吧。具備暗殺技能的舞威媛是最適合到敵陣執行潛諜工作的人才。

「可是……我搞不懂。」

古城一邊將烤網上的蔬菜翻面一邊帶著思索的神情嘀咕。

「獅子王機關應該知道結瞳和我們在一起吧？可是，為什麼他們什麼都不講？結瞳的父母也會擔心才對啊？」

「……說不定是打算要結瞳當誘餌。」

雪菜用了古城勉強能聽見的細微音量咕噥。

「意思是要我們等久須木幸福企業那些人過來把結瞳搶回去嗎？」

古城一臉嚴肅地看了雪菜。雪菜像是要打消這個念頭，搖搖頭又說：

「當然，我們並不能確定事情就是那樣。」

「不對……那樣想說得通。」

古城帶著一張苦瓜臉認同。

獅子王機關的人要進入久須木幸福企業的設施確實有困難。可是，假如對方的關係人員自己跑出來，那就另當別論了。何況如果他們的目的是綁架小學生，要逮捕就毫無阻礙。

也許獅子王機關在等待久須木幸福企業為了奪回被搶走的結瞳而採取動作，因為那就是查辦對方的有力把柄。而且保護結瞳這個誘餌的就是獅子王機關的劍巫雪菜，他們沒理由不利用這個巧合。

「可是，這項戰略有個問題。和久須木幸福企業相比，學長明明壓倒性更危險、更危害旁人、更具威脅性，獅子王機關竟然還把學長牽扯進來……」

雪菜口氣認真且毫無自覺地臭罵起古城。唔唔——古城低聲咕噥。

古城感覺自己被很沒禮貌地數落卻又無法反駁。畢竟他有讓第四真祖之力失控，而對紘神島帶來莫大損害的前科。在這裡要是又出了類似的紕漏，蔚藍樂土大概會不留半點痕跡地沉到海裡。雪菜會擔心也是當然的。

基本上拿結瞳當誘餌只是個假設，僅止於古城等人的想像。他們也無法徹底否定獅子王機關及久須木幸福企業的目的可能在完全不同的面向。

「欸，結瞳……久須木幸福企業監禁妳是打算做什麼？」

古城握著烤肉用的公筷，轉身問了結瞳。

「啊，當然要是妳不想講就不用勉強回答。可是，如果妳姊姊正遭遇危險，不快點救她就糟糕了吧。能不能告訴我們事情危不危險就好？」

「——我想莉琉那邊可以不用替她擔心。」

結瞳斬釘截鐵地斷言。那並非虛張聲勢或逞強，而是充滿確信的口吻。

「久須木幸福企業的人需要的原本就不是我，而是莉琉。他們不可能加害於她。再說，莉琉從最初就對那些人的實驗抱著配合的態度。」

「實驗？」

「關於那個……我現在不想講……對不起。」

「不，我才要道歉。約好不會勉強妳說的嘛。」

古城連忙低頭賠罪。就算談吐再成熟，這個小學女生仍被一群莫名其妙的人監禁過，就算有不願回憶的不愉快經驗也不奇怪。勉強問那些是不應該的，這點道理古城明白。

「哎……不自量力動這些腦筋，感覺都餓了。讓我吃點東西吧。」

為了不讓結瞳沮喪，古城硬是改變話題，而且實際上他也餓了。古城把精神全花在幫別人烤肉，自己到現在連一片都沒吃到。

可是烤網上已經沒有肉的蹤影，只剩烤焦的高麗菜渣在冒煙。

「——咦？奇怪？肉咧？欸，矢瀨，還有沒拿來烤的肉嗎？」

古城問了在長椅上吃冰當點心的矢瀨。

矢瀨則是一副「怎麼到現在才問」的表情，聳了聳肩回答：

「喔，那些都在我這邊烤完吃掉了……淺蔥吃的。」

「全……全吃掉了？」

猛一看，矢瀨買來的那幾盒肉已經清空塞到垃圾袋裡了。不只肉，連蔬菜、杏鮑菇等菇類的料也都被掃光了。發現沒東西吃的古城頓時語塞，畢竟矢瀨買來的生肉少說也有十人份以上。

「哼。」

淺蔥側眼瞪著恍神的古城，一臉滿足地冷哼。從苗條的外表看不出她其實是個大胃王，古城只怨自己大意忘了這一點。

古城捧著空空的肚子煩惱，而淺蔥心情總算好了起來。結瞳來回看著他們倆的臉，嘻嘻笑出聲音。

緊接著，默默吃完冰的瓜沙奮然起身說：

「呼……肚子好飽喔。欸，矢瀨，來放煙火吧，放煙火。剛才你說有買對不對？人家喜歡會冒出火花的那種。要華麗的。」

「咦……有煙火啊？真的嗎？」

結瞳聽到凪沙說的話，眼睛閃閃發亮地抬起頭。

來嘛——凪沙回頭對結瞳伸出手。

「結瞳也一起來玩吧。」

「好！」

煙火炫目的光輝照亮了結瞳的臉龐。古城茫然望著這一幕。

結瞳天真地嬉笑著的模樣像個尋常無奇的少女。

然而那張微笑感覺卻十分虛幻落寞。

蔚藍樂土——人工的「藍色樂園」夜深了。

6

「魔獸庭園」以廣闊的腹地為豪，不過對一般遊客開放的還不到整體設施的四成。剩下六成是用於飼育、繁殖魔獸，並對牠們的能力進行解析的研究區塊。

正因為是進行最先進研究的部門，即使在營運「魔獸庭園」的母公司久須木幸福企業當中，也只有一小撮相關人員被允許進出。

這一天，有個未經預約的人物來到了研究區塊最深處。

身材結實的中年男性。膚色白皙、目光銳利，一身昂貴西裝——年紀大概三十過半。這名男子雖富知性，給人的印象卻欠缺人情味。

「久候光臨，久須木會長。」

在辦公室迎接他的是個穿高中制服的黑髮少女。

即使少女的服裝和現場並不搭調，被稱為久須木的男性看了也不改面色。

「妳並不驚訝呢，妃崎攻魔官。」

「因為我接到了您會過來的報告。」

「獲得能幹的協助者，我很高興。『蛇』的狀況如何？」

久須木望著語氣刻板的少女，貌似愉快地露出微笑。

久須木幸福企業的創立者久須木和臣是以苛刻聞名的實力主義者。他被批評將許多員工用完即丟；另一方面，卻也毫不吝惜地將要職分派給能幹的部下，不問年齡及資歷。依久須木的觀點，大概根本沒有理由要介意交易對象的年齡和性別。

黑髮少女操作手邊的面板，讓地圖顯示在辦公室螢幕上。那是以絃神島為中心的周遭海底地形立體圖。

有一道閃爍的紅色箭頭浮在地圖右下方，正以緩慢得幾乎看不出的速度朝絃神島接近。

「按照沉沒的『灰鯖鮫』留下的標示，『蛇』目前仍沿著龍脈朝東南東方向移動。通過紘神島一帶的時間，預測會在明天下午到後天黎明之間。」

「是嗎？幾乎全照著計畫走呢。」

久須木對少女說的話點頭。他的臉色看似滿足，卻又馬上顯露陰霾。

他的雙眼注視著辦公室書架上的陳舊石像——長著貓頭鷹翅膀的女神雕像。

「『她』的容器還沒回來嗎？」

久須木用了帶有一絲不耐的語氣問道。

「用不著擔心——她肯定會回來。在自己的意願下。」

黑髮少女淡然回答。

然而久須木不悅地搖頭說：

「我並沒有懷疑妳的話，但心裡是不安的。錯過這次機會，下回『蛇』要來到紘神島就是四年半以後了吧？我希望能以準備萬全的態勢迎接。」

「——我明白了。那麼，我這裡也稍微加緊腳步好了。」

「期待妳的作為。」

少女機靈的判斷總算讓久須木放鬆表情。

「對了，我倒聽說有人引路帶容器逃走？」

「沒有問題。已經逮住獅子王機關派來祕密偵查的舞威媛了，拿她來當談判的籌碼就能排除政府的干涉。」

黑髮少女只有在提到「舞威媛」這個詞時，嘴角瞬間盈現出笑意。

「原來如此，所以算因禍得福嗎？」

久須木說得不感興趣，視線又轉回螢幕上的地圖。

他的表情並沒有變。然而，少女好奇地望著他問：

「會長，您看來很高興呢。我有說錯嗎？」

「這是當然吧……從小追求的夢想總算來到伸手可及的地方了。」

久須木說著揚起嘴角。他的手伸向螢幕上的地圖，彷彿要抓住世界。

少女面無表情地望向他那洋溢著某種殘酷的笑容。

「這樣啊……夢想是嗎？」

離開辦公室的少女下了樓梯，前往地下室。

水泥層外露的空蕩簡陋通道，兩旁有厚實金屬門隔開的小房間——用於隔離受傷魔獸的治療室。

然而監禁在那個房間的並非魔獸，而是高䠷的馬尾少女。

煌坂紗矢華雙手被上了手銬，鬧脾氣似的盤腿坐在廉價便床上。雖然手腳有些微擦傷，不過並沒有其他明顯的外傷。她只是一股勁地不高興而已。

「——醒了沒？」

黑髮少女操作電子面板打開門，走進房間。然後她皺了眉頭，將視線朝向地板。紗矢華坐的床底下倒著兩個穿白衣的男人。

「……他們是？」

少女一臉困惑地問。

紗矢華輕蔑地歪著嘴巴說：

「誰知道。反正肯定是想趁我昏迷時對我做下流事的人吧。就是這樣我才討厭男人！」

原來如此——少女發出嘆息。似乎是久須木幸福企業的研究人員發現昏迷的紗矢華，就擅自進了這個房間。過失在怠於監視的少女身上。

煌坂紗矢華人在這裡這件事，不能讓研究人員知道。這是為了研究人員的安全著想，而非紗矢華。

「……妳殺了他們？」

少女蹲在倒地的男人旁邊問了。紗矢華冷冷地聳肩回答：

「哪有。只不過，不早點解咒的話也許會對精神留下後遺症。」

「先不管他們動機是否不純，粗心倒是有，居然想碰沒有意識的妳。碰妳這個詛咒及暗殺的專家，獅子王機關的舞威媛——」

少女夾雜著嘆息低語。

獅子王機關的舞威媛是優秀的巫女，同時也是咒術師及暗殺者。

即使在她們睡著時也不例外。

睡眠中的舞威媛會無意識地罩上一層強力的詛咒，假如有人帶著惡意想碰她們，那股惡意就會增幅好幾倍回到自己身上。能碰紗矢華身體的只有和她同級以上的咒術施用者，或者紗矢華屬意的特別對象。

「妳懂的果然很多呢，太史局的六刃神官小姐。多虧如此，我完全上了妳的當。」

哼哼——紗矢華用帶著惡意的冷冷眼神瞪向少女。

「妳是承自陰陽寮派系，負責處理魔導災害的攻魔師嘛。難怪會用八雷神法，畢竟太史局的六刃和獅子王機關的劍巫系出同流。」

「……嗯，是啊。」

少女並未否定紗矢華點出的事實。

太史局和獅子王機關一樣是特務機關，而人稱「六刃」的她和劍巫、舞威媛同樣是國家攻魔官。

只不過，相較於旨在防阻魔導災害及恐怖攻擊的獅子王機關，太史局則是以防阻自然發生的魔導天災為己任。如果要粗略分類，相對於專門對付魔族的劍巫，六刃就是專門對付魔獸，這是她們被稱為「黑劍巫」的緣故。

「我叫妃崎霧葉。」

黑髮少女靜靜地報上姓名。接著她拿出一只迷你遙控器，將銬著紗矢華的手銬解鎖。

「雖然我並沒有欺騙之意，還是應該先向妳致歉呢，煌坂紗矢華。」

「……妳這是什麼意思？」

紗矢華揉了揉獲得自由的手腕並感到納悶。

霧葉將銀色長劍遞到她面前。是「煌華麟」。

「我並非妳的敵人。妳也察覺了不是嗎？」

「所以妳也是聽政府命令行事？」

將劍搶過來收下的紗矢華皺起臉。

她收到的命令是保護被久須木幸福企業監禁的結瞳。然而，霧葉卻協助久須木幸福企業，妨礙了紗矢華的任務。假如那是基於太史局命令的行動，獅子王機關和太史局就等於正面槓上了。

「表示政府的意見並不統一啊。立場一換，目的也會改變吧？」

霧葉說著從揹在肩上的黑色盒子裡拿了東西出來。

那是金屬製的細長武器，尖端轉向，伸縮式握柄跟著變形，成了約兩公尺長的長槍。槍尖分成雙叉的雙叉槍(Spear Fork)——

那美麗的線條輪廓酷似調音用的音叉。

紗矢華瞪著忽然拔出武器的霧葉，自己也準備舉劍。但是——

「太史局的高層和獅子王機關都談妥了，等這項任務結束就會放了妳。不過在那之前，要請妳當『她』的容器一陣子。」

「她……？」

嗡——劇烈的耳鳴響起，讓紗矢華臉色僵住了。霧葉的武器並不是普通的槍，而是用來將咒術凝束射出的增幅器(Amplifier)。

可是，那沒道理——紗矢華驚慌不已。透過雙叉槍釋放出來的並非霧葉的咒力，是一股強大程度更甚的魔力。

恐能匹敵吸血鬼真祖的古老力量——

「這力量……該不會是……夜之魔女！難道江口結瞳是『她』的容器……？」

紗矢華察覺到霧葉的真正目的，隨即舉起「煌華麟」。

但是紗矢華的動作就此停住了。雙叉槍釋放的龐大魔力打破舞威媛的精神防壁，支配了紗矢華的心靈。「她」正準備占據紗矢華的肉體。

「妳為什麼要……那樣做……？」

在意識逐漸淡出的過程中，紗矢華拚命編織語句。霧葉微笑著搖頭告訴她：

「這是個傻問題，煌坂紗矢華。太史局出動的理由只有一種，就是保護這個國家……不，這個世界。」

接著霧葉靜靜垂下視線，在嘴裡不出聲音地咕噥：

「哪怕要讓絃神島沉沒——」

第三章 夢魔覺醒

Lilith's Awakening

1

背痛讓古城醒來了。時間即將來到凌晨四點。他記得自己最後看時鐘時已經過了深夜一點，所以最多也只睡了三個鐘頭。

時期大概正值新月，窗外天色昏暗。

陌生的挑高天花板，是雅緻別墅裡的客廳景觀——

古城總算想起自己是在蔚藍樂土。

「對喔……我玩到一半睡著了……」

古城動了動僵硬的筋骨，緩緩起身。之所以全身痠痛，似乎是在客廳地板上熟睡所致。

三人座沙發上有淺蔥和凪沙隔著雪菜，肩並肩睡在一塊。

散亂在桌上的是撲克牌。昨晚放完煙火以後，輸了要處罰的牌局玩起來異樣熱鬧，所有人一直玩到又累又睏地睡倒。

牌運亂強的雪菜和靠著計算機率及記憶力贏牌的淺蔥相爭第一；矢瀨老是飄飄忽忽地在關鍵時刻展現出賭運堅強。除去中途愛睏離場的結瞳不講，和撲克臉扯不上邊的凪沙還有運氣爛得驚天地泣鬼神的古城，便演變成輪流猛受處罰的局面。

「……受不了，連姬柊都玩到不知道在搞什麼。這樣會感冒啦。」

古城望著在沙發上熟睡的女生組，傻眼似的嘆氣。雪菜被先睡著的凪沙她們夾在中間，似乎就在動彈不得之間跟著睡著了。看到她像這樣毫無防備的睡臉，其實或許是頭一遭。沒化妝的淺蔥比平時感覺年幼一點，睡著的凪沙反而顯得比較成熟。三個人都穿著暴露程度滿高的衣服，但也許是要好地睡在一起的關係，氣氛莫名溫馨。古城懷著變成三個女兒的爸爸的心情，將空調設定的溫度調高一點，然後幫她們蓋上不知是誰帶來客廳的毯子。

到床上睡回籠覺好了——這麼想的古城打著呵欠走向男生房間。

就在隨後，他發現有人影站在走廊上。

「……矢瀨？你醒著啊？」

難道客廳的燈也是這傢伙關的？古城望著穿短褲的朋友。

可是矢瀨沒有回答，反而嘴唇顫抖，生硬地說：

「……稻……小姐。」

「咦？」

矢瀨脫口說出的奇怪片語使古城忍不住蹙起眉頭。

而矢瀨朝著古城踏出一步，然後大大地張開雙臂說：

「緋稻小姐～～～～！」

「唔哇啊啊啊！」

突然鬼叫著抱過來的矢瀨讓古城嚇得整個人愣住了。

顯然睡迷糊的矢瀨動作倒很靈敏。他繞到動彈不得的古城背後，使勁直撲過來。

如果古城沒記錯，矢瀨口中的「緋稻」應該是他以前追到手的年長女友的名字。看來矢瀨是把古城和她搞混了。

被他撲倒還得了？古城拚命想逃。然而——

「哈哈，妳還是這麼不領情……但我今天不會死心的！」

「你睡傻了，白痴！醒來啦！還有，給我放手！」

全身起雞皮疙瘩的古城用蠻力甩開矢瀨。

矢瀨的身體因為力道太猛飛了出去，在牆壁上撞出「砰」的沉沉一聲，然後就滑下來倒在地板上。看來這一記打擊頗大。

「沒……沒事吧？矢瀨？抱歉。不過你剛才也有錯吧。」

出手是不是太重了——心裡不安的古城蹲到矢瀨旁邊。但矢瀨沒有察覺到他的存在，只是歪著嘴自言自語地嘀咕：

「被擺了一道，混帳……心靈……支配嗎……？」

「咦？」

矢瀨當著驚訝的古城面前往前倒下並失去了意識，像是用盡力氣而睡著的臉上露出了痛苦的神情。

「唔……喂，矢瀨！」

怎麼回事啊——困惑的古城抱頭自問。寂靜又回到昏暗的客廳裡。

睡意完全消失了，只有古城自己心跳的聲音在耳邊頻頻大作。

交雜著刺耳的心跳聲傳來的，是某個人聽似痛苦的呼吸聲。通往別墅二樓的挑高樓梯上正不停傳來微微的吐息聲。

「呼……呼……」

「結瞳？」

她是什麼時候在那裡的？古城感到疑惑，訝異地抬頭看向結瞳。

身穿夏裝的小學生坐在樓梯平台上，呼吸急促。

她汗濕的臉龐恰似正拚命抵抗從體內湧上的異變。那副模樣和吸血衝動發作時的古城十分相像。

「不……可以。古城先生……別過來！」

「呃，可是……」

總不能放著身體明顯不舒服的結瞳不管，於是古城踏上樓梯。

瞬時間，壓抑不住的羞恥感與恐懼令少女的臉龐扭曲。

「呀啊啊啊啊——！」

「結瞳……！」

「不要看……請你不要看我……！」

靠近的古城讓結瞳害怕似的後退了。夾在她兩腿中間宛如細蛇的某種物體，像是具備自我意志般抽搐著。

「……不要……」

結瞳發現古城看到那條東西，臉色頓時發青。隨後，她以難以置信的速度轉身，跑向了別墅二樓。

被留下的古城愣愣地站在樓梯底下。

從二樓微微傳來的是一陣彷彿嘲笑著世上萬物的笑聲。那是結瞳的笑聲，聽起來卻也像是陌生人的聲音。古城對此感到動搖。

不知道結瞳身上發生了什麼事。然而，她現在的狀況顯然不尋常。矢瀨最後嘀咕的「心靈支配」那句話也讓古城在意。結果——

「——學長。」

打算衝上樓梯的古城突然被人從背後叫住了。

古城轉過頭，只見雪菜無聲無息地站在那裡的身影。

「姬柊，妳醒了嗎……！」

古城放心地呼了一口氣。假如結瞳是遭遇某種靈異現象，光古城一個人應付不來。而且對方還是個妙齡少女，有雪菜在絕對靠得住。

「這樣正好。妳過來一下，結瞳看起來不太對勁……！」

「你說……結瞳嗎？」

雪菜一副難以理解的樣子仰望著古城問了。

「她的大腿間……長了東西……！」

嗯——古城皺著臉點頭說：

「那個，學長……」

雪菜責備似的瞪向古城，然後發出摻雜怒氣的嘆息。那表情就像年長的大姊姊在糾正無知的小學男生。

「就算結瞳是小學生，到了她那種年紀，身體出現那一類的變化也不奇怪啊……呃，我想大概是啦……」

「妳在講什麼？不是那樣，我看到的是尾巴！她長了尾巴！」

「尾巴？」

「對。」

古城循著烙進眼底的瞬間印象回憶，並緊咬嘴唇。從結瞳的裙襬底下露出來的肯定是尾巴，既黑又細、前端尖尖的獸類尾巴——

「那大概不是普通的獸人化。我沒有很懂，但是有哪裡不太一樣。」

那條尾巴或許並不具完全的實體。古城一邊想著一邊打算爬上樓梯。

然而，他在走上去以前就被人從背後用力拉住了。揪著他衣服下襬的人是雪菜。

「你要去哪裡？學長？」

雪菜把古城從樓梯上拖下來，還繞到前面不讓他過。逆光之下看不清雪菜的表情，不過那和平時文靜的她氣質有些不一樣。

「……姬柊？」

「結瞳、結瞳的說個不停……學長就那麼喜歡小女生嗎？」

雪菜自然地靠近古城，仰望過來的眼睛距離不到二十公分。古城拉高音調倉皇地說：

「啥？妳在講什麼啊，姬柊！現在不是瞎鬧的時候吧！」

「請學長不要敷衍我！」

「唔……咦！」

古城被雪菜一臉嚴肅地訓斥，瞬間還認真檢討：是我錯了嗎？

而雪菜緊緊貼到古城身上又說：

「負責監視學長的是我耶。可是學長都只會惦記紗矢華和結瞳的事，白天也一直和藍羽學姊兩個人打情罵俏……」

「……啥？」

剛睡醒的雪菜身上飄來微微甜美幽香，柔軟的彈性隔著輕薄襯衫傳過來，讓古城忍不住吞了口水。

「果然我就不行嗎……？我不能讓學長滿足嗎……？」

「呃，現在並不是滿不滿足的問題……」

古城拚命動員所剩無幾的自制力，拉開雪菜的身體。

瞬時間，雪菜大大的眼睛裡浮現絕望色彩——

「學長對我覺得不滿意嗎……這樣啊？既然如此，身為監視者的我只好先把學長殺了再自殺……」

「啥……！」

雪菜悄悄伸出右手。

豎在旁邊牆壁上的是雪菜帶來的黑色盒子——即使在海邊度假村看見也不會顯得突兀的

衝浪板收納盒。

然而盒子裡擺的並非衝浪板，而是眼熟的銀色長槍。

七式突擊降魔機槍（Schneewalzer）——據說連吸血鬼真祖都能誅滅的獅子王機關祕藏兵器。

「白……白痴！妳要是在這種地方拿出『雪霞狼』……！」

熟悉的槍尖抵到眼前，讓古城嚇得後退。來到這一步，他總算發現了。現在的雪菜不正常，和剛才的矢瀨完全一樣。

雖然不知道原因為何，他們潛意識中的慾望都脫韁了。假如雪菜平時在內心深處抱著這種同歸於盡的念頭，倒也相當有問題就是了——

「你在做什麼？古城？」

接著，後退的古城突然被人從背後摟住。古城轉過頭，看到在昏暗中幽幽微笑、髮型亮麗的少女。

「咦？淺……淺蔥！」

冷汗流過古城的太陽穴。

在深夜的客廳裡鬧得這麼大聲，即使她醒來也沒有什麼好訝異。古城會嚇到是因為淺蔥一臉隨時會哭的表情。

「你們兩個瞞著我，在這種時間做什麼？」

淺蔥用斷斷續續的沙啞聲音問了，淚水盈眶的眼裡流下了透明淚滴。古城受到莫名其妙的罪惡感苛責，無助地搖著頭回答：

「呃，我們是在……要怎麼說呢？」

「你又瞞著我和姬柊打情罵俏？果然你就是覺得她比較好……」

「……咦！」

「我也很努力耶……還做了好多丟臉的事情。」

淺蔥說著就依偎到古城背後。她似乎嗚咽得全身發抖。又是這一套喔？古城仰頭對著天花板大叫：

「連妳都變得腦袋不對勁了嗎！」

「什麼叫腦袋不對勁？笨古城！我也很不安啊……我怕你會什麼都不說，就丟下我到很遠的地方去。我從你變成什麼見鬼的第四真祖以前就一直……」

「淺……淺蔥。」

淺蔥柔弱地捶著古城的背。雖然兩個女生都一樣笨拙，和具備某種跟蹤狂特質的雪菜相比，淺蔥失控的潛意識就給人嬌弱年幼的印象。

這並不是她們的真心話——即使古城腦袋裡明白，卻還是沒辦法隨便把人甩開而僵在原地。淺蔥朝著他耳邊正打算呢喃些什麼。

「——到此為止，藍羽學姊。」

雪菜將銀槍抵在淺蔥的脖子上，時機準得彷彿要她在神智正常時再做那種要緊的告白。連表皮都不一定能劃破的輕柔斬擊。然而瞬時間，全身被青白色火花裹覆的淺蔥抽筋了。雪菜從旁將直接暈厥的淺蔥接到懷裡。

「姬……姬柊！」

「藍羽學姊受到的心靈支配已經解除了。我想這樣她應該就會恢復神智。」

雪菜語氣認真地說。她一如往常的沉著氣質讓古城安心得想哭。原本一個人鑽牛角尖還暗示要殉情的雪菜，在不知不覺中恢復正常了。

「果然有人在操控啊？之前妳變得那麼奇怪，也是受了那種影響嗎？」

「當……當然了。我是靠著『雪霞狼』才脫離控制。」

雪菜不自然地板著臉，莫名用力地強調。握著長槍的手使勁過度，讓分成三叉的槍尖微微顫抖。

「所以說，剛才那些絕對不是我的真心話。不是那樣的。」

「好……好啦。」

雪菜帶著威脅般的表情逼到眼前，古城連忙點頭附和。除此以外，他不知道還能怎麼回答。總之古城找了雪菜幫忙，一起讓昏厥的淺蔥躺到沙發上。

然後在昏暗中，又傳來有人蠢動並慢慢爬起來的動靜。

接下來會發生什麼狀況，古城差不多也隱約想像到了。

「古城……哥……」

凪沙朝厭煩地捂著眼睛的古城抱了過來。

那種氣質和平時的她不太一樣，不過也給人幾乎沒什麼差別的感覺。

無論如何，古城只能疲倦地嘆氣表示「連妳也中招了啊」。

「我跟你說，古城哥……人家其實也……」

「姬柊，麻煩妳。」

「……好的。」

古城打斷凪沙說的話，然後將她推開。

雪菜將右手伸向凪沙的鼻尖。那或許是一種催眠術，當雪菜隨手彈響指頭以後，凪沙就全身放鬆了。癱倒在沙發上的凪沙又開始發出鼾聲。

之所以沒有像應付淺蔥時那樣用上「雪霞狼」，大概是雪菜認為狀況並不急迫，也可能是為了體虛的凪沙著想——或者兩者皆是。

在凪沙變安分以後，古城才設法從混亂中振作。

雖然還是不知道她們行為失控的原因，不過先擱著一陣子大概也沒有問題。重要的是，

得先處理結瞳的狀況。

古城想著又抬頭看向樓梯。

就在隨後，聽似愉悅的笑聲從頭上傳了下來。

2

年幼少女從挑高樓梯的扶手探出頭。

剪齊及肩的柔順捲髮及大眼睛，是古城等人認識的結瞳擁有的特徵。然而她露出的笑容卻與平時形象相去甚遠。

表情看來彷彿嘲笑著古城等人，且充滿了惡意。

「什麼嘛~~真無聊。好不容易才讓妳們說出真正的想法耶。」

結瞳咬字不清，還看似不滿地聳了聳肩。

她鬧脾氣似的噘起嘴，來回看著雪菜和古城。

「那邊的大姊姊能恢復原狀，好像是靠著那把奇怪長槍的力量，可是不受我支配的大哥哥又是什麼人物啊？並不是普通魔族對不對？明明霧葉說過，我連小利維都能支配耶。」

「……利維？」

雪菜皺著眉頭嘀咕。

古城目瞪口呆地仰望著少女。

站在樓梯上的少女不只表情，連語氣和說話的內容都與結瞳判若兩人，看起來甚至連古城和雪菜的名字都忘記了。

「原來……妳不是結瞳嗎？妳是誰？」

「我也是結瞳啊。雖然結瞳好像把我叫成『莉琉』。」

「……莉琉？」

古城微微吞了一口氣。莉琉這個名字的字音他聽過，那是據說和結瞳一起被關在久須木幸福企業的另一個少女的名字。「莉琉」是結瞳姊姊的名字。

可是，莉琉卻當著古城等人的面，借了結瞳的身體在笑。

「難道是……解離性人格疾患……？」

雪菜抬頭看著自稱莉琉的少女嘀咕。結瞳忽然性情驟變的理由，她似乎心裡有數。然而莉琉看似愉快地瞇起眼睛說：

「呵呵，妳是指所謂的多重人格嗎？有過痛苦體驗的結瞳為了保護自己的心靈，就創造了另一個人格——妳是這個意思對不對？我想想喔，應該算雖不中亦不遠矣。」

說得事不關己的莉琉露出嘲笑。古城對她那些話感到不耐煩，又追問：

「妳說的痛苦體驗……是指綁架嗎？」

「綁架？討厭，不是那樣啦。」

說那些是在耍寶嗎——莉琉捧著肚子笑了。

「結瞳一直都受到欺負，同校的同學還有親生父母都欺負她。久須木幸福企業收養了原本被孤立的結瞳，說起來可是恩人耶。」

「她被欺負……為什麼？」

「咦～～那是當然的嘛……結瞳是夢魔啊。」

莉琉簡單回答了古城的疑問。

古城聽了她那淡然的表白，還是完全無法了解話裡的含意。

「妳說……夢魔？」

「是的。就是所謂的Succubus。雖然這種魔族很少見，不過你知道嗎？她們的特技是支配心靈，可以闖進別人的心為所欲為，還可以激發慾望。有那麼色的小學生，很羞恥對不對？那樣是會被所有人討厭的喔……哎，雖然我說的好像是別人的事一樣。」

莉琉自嘲般揚起嘴角。不知為何，那副表情看起來卻也像在哭。

「結瞳不想承認那樣的自己，就把夢魔的能力和慾望切離，然後創造出來的就是我嘍。

好狡猾對不對？光把討厭的事情推給別人，自己裝成清純的樣子。結瞳好悶騷喔！明明身上長了這麼長的東西～～」

她穿的夏裝裙襬底下有一條又黑又細的尾巴正擺來擺去。透過魔力具現化的獸類尾巴。事實勝於雄辯，那就是結瞳的真面目。

「原來結瞳也是未登錄魔族……」

古城壓低聲音嘀咕。

他不知道所謂的夢魔是多稀奇的魔族，不過既然結瞳並非普通小學生，久須木幸福企業監禁她一事就能獲得說明。

「就是那樣。呵呵，大哥哥也變得討厭結瞳了嗎？」

莉琉一邊表露感覺不像小學生的詭異嬌媚一邊問古城。

古城瞪著她，傻眼似的咂嘴說：

「哪有可能。」

「……哎呀？」

「結瞳是夢魔的話，那我可是吸血鬼。別人用下流和其他字眼罵我，我還是吸了姬柊她們的血。多長一條尾巴只算小意思啦。」

莉琉聽完古城的話，抹去了臉上的笑意。

她稚嫩的嘴唇狀似不快地扭曲。

「嗯～～大哥哥是好人啊。那些話聽了好討厭。要說你是偽善者，還是同病相憐呢……或者你是蘿莉控？」

「誰是啊！」

「感覺好不爽喔，我看還是答應霧葉拜託我的事好了。」

莉琉惡狠狠地挑眉，然後跨過樓梯的扶手。撐破夏裝從她背後冒出來的是一對翅膀——透過魔力編織而成的半具現化翅膀。

她拍動那對翅膀，無聲無息地落在古城等人身後。隨後她打開玻璃窗，直接飛出別墅。來不及阻止的事只發生在一瞬間。

「等等，結瞳……！」

古城追著她跑到外頭。莉琉赤腳站在中庭的草皮上。

可是，當古城打算趕到她身邊的瞬間，銀色閃光忽地穿過了視野一角。

那是一隻長有金屬翅膀的貓頭鷹。牠掠過立刻停步的古城眼前，將他身上穿的T恤胸口撕開一大片。

「學長，快趴下！」

雪菜用長槍迎擊在空中調頭並再次撲向古城的貓頭鷹。

劇烈火花迸現的同時，貓頭鷹失去單邊翅膀，直接摔落在地。牠變成一塊金屬薄片，再也不動了。

「這傢伙是什麼東西……！」

「是式神。不過，這道術式……」

雪菜低頭看著腳邊的金屬片，顯露出緊繃的神情。

古城環顧四周警戒。

那道式神是針對想攔下莉琉的古城而來。

而且，襲擊的時機異常精確。在這種情況下可以想到的只有一點，久須木幸福企業派來帶回結瞳的關係人員現身了。

像是要佐證古城的推理，站在黑暗中的莉琉發出歡呼。

「妳來接我了啊，霧葉。我回來了！」

有個穿制服的黑髮高中女生出面迎接跑過來的莉琉。

她明目張膽地將車子停到別墅前的路上，在那裡等著莉琉。

五官端正，纖弱的體型讓人感覺柔中帶剛。她揹在肩膀上的是一只用來搬運相機三腳架的黑色盒子。

古城覺得那名少女和雪菜說不出地像。

「歡迎回來，莉琉。心情有沒有好一點？」

「還好啦。」

莉琉纏著黑髮少女，聒噪地笑著。

古城和雪菜停下腳步，疑惑地和黑髮少女對峙。疑似由久須木幸福企業派來的人是個高中女生，這一點讓他們很意外。

「……妳就是霧葉？」

「沒錯，我叫妃崎霧葉。幸會，第四真祖。只要提到太史局的六刃，我想你身後的女生就會明白了。」

自稱霧葉的少女從容地回望古城回答。

古城對於霧葉知道自己身分這一點感到有些動搖，不過更加驚訝的人卻是雪菜。她像是不可置信地睜大眼睛，結凍似的動也不動。

「……太史局，為什麼會妨礙紗矢華的任務……？」

「只是政策上有些相左罷了，並沒有意思要和你們鬥。我本人是如此。」

「——唔！」

霧葉話說完以前，從旁而來的衝擊讓古城跌倒在地。是雪菜將茫然杵著的古城推開了。

有支西洋箭矢掠過古城前一刻所站的位置，並且扎進地面。原本古城要是站在那裡，鐵定會被射穿身體。

倒在地上的古城抬起頭，看向箭矢飛來的方位。

低聲驚呼的他就此目瞪口呆。

彷彿要保護霧葉與莉琉，用銀色西洋弓對著這裡的是一個高䠷修長的少女，綁成馬尾的長髮飛舞於黎明時分的黑暗中。

「煌坂……妳怎麼會……！」

煌坂紗矢華看著愕然驚呼的古城，將新的箭矢搭上西洋弓。

以往紗矢華曾好幾次帶著殺意衝著古城而來。然而，溺愛雪菜的她第一次在會殃及雪菜的形勢下對古城發動攻擊。

光是如此就足以判斷紗矢華目前的狀況並不正常。

「紗矢華？」

甚至忘記要持槍備戰的雪菜大喊。然而，持弓的少女面色不改。

她只是用機械般的冷酷眼神，面無表情地睥睨著古城等人。

3

「——我們走吧，莉琉。久須木會長等妳很久了。」

妃崎霧葉背對動不了的古城等人邁步離去，停在她們面前的是久須木幸福企業的公司車。古城只能呆呆地看著這一幕。

假如霧葉硬要將莉琉帶走，他大概還可以阻止。然而霧葉什麼也沒做，莉琉是在自己的意願下打算跟霧葉走。

而且擋住古城等人去路的，是獅子王機關的舞威媛紗矢華。

這樣下去，要是莉琉——不對，要是江口結瞳被帶走，古城他們就沒有將人帶回的大義名分了。這完全稱了霧葉那些人的意。

「姬柊，結瞳那邊可以拜託妳嗎？煌坂讓我來設法。」

「學長？」

雪菜看了低聲開口的古城，眼裡不安地閃爍著。

「可是學長，紗矢華現在——」

「我懂。那是受了心靈支配吧？狀況好像比妳們剛才還糟。受不了，她明明和莉琉離得那麼遠，為什麼還會受控制？」

「是啊。所以，還是由我……」

「不可以，姬柊。」

古城口氣強硬地制止雪菜。如果目的是打倒紗矢華，要借助雪菜的力量才會十拿九穩。因為雪菜有「雪霞狼」，就能讓紗矢華那把「煌華麟」的凶猛能力——擬造空間切斷術式失效，而且她熟知身為舞威媛的紗矢華有什麼能耐。但是——

「反正妳快去！要是煌坂知道自己曾動手想殺妳，恢復神智時一定會很沮喪啦！」

「——我明白了。學長，請你小心。要和認真的紗矢華交手，即使是我，五次中也沒有把握能夠贏一次。」

「咦……！」

古城目送說完不得了的話就拔腿離去的雪菜，臉色相當緊繃。或許他不是很想知道剛才那項情報，特別是在這個時候。

仔細一想，雪菜原本就還在見習階段；相對的，紗矢華則是正式的舞威媛，就實戰經驗也是紗矢華壓倒性占上風。況且她和不擅長咒術的雪菜不同，懂得靈活使用多項咒術。紗矢華沒有那把能讓古城魔力失效的「雪霞狼」，倒算是不幸中的大幸——

「可是我記得這傢伙用的弓，一樣是非常恐怖的玩意嘛——！」

紗矢華彷彿看透了古城的想法，引弦射出咒箭。

朝上空飛去的嚆矢嘯聲厲作，催發高密度的咒語。展開的巨大魔法陣召來閃電，針對古城直劈而下。

「哎，可惡！迅即到來，『獅子之黃金』（Regulus Aurum）！」

古城不由得召喚眷獸。籠罩龐大魔力的雷光巨獅撞上迎頭劈來的閃電，抵消了紗矢華使出的驚人攻擊。

巨大魔力兩相衝突的餘波使整座增設人工島悚然震動。帶電的大氣刺痛古城他們的皮膚，炫目發亮的街燈頓時燒毀斷電。

「——喂，都不留手的喔？」

古城懾於紗矢華那一招的誇張威力，呆站在原地。正因為他有「獅子之黃金」才勉強接下了攻擊，若換成普通吸血鬼的眷獸，剛才肯定已經被那一招轟走了。以凡人獨力施展的咒術而言，其規模超乎常軌。

仔細想想，紗矢華之前還被任命為迪米特列·瓦特拉的監視者。換句話說，連那個身為戰鬥狂的吸血鬼都認同她的實力。或許紗矢華認真起來會比古城想像的還更難對付。

而且察覺到咒箭被擋住的紗矢華下一步來得十分迅速。

她將「煌華麟」從西洋弓變形為劍，打算和古城短兵相接。

「曉古城！」

「──唔喔！」

長劍掠過鼻尖揮下，古城閃避於一紙之隔。即使靠古城吸血鬼化的反應速度，這一劍仍快到讓人覺得能閃掉可比奇蹟。

「妳是魔鬼嗎！對付外行人多少要放水啦！」

古城解除召喚的眷獸，並全力逃跑。他的眷獸終究太強，不能對紗矢華使用。要是在這麼近的距離下胡亂對紗矢華出招，不只會把她轟得屍骨無存，連古城都要一起遭殃送命。

話雖如此，不能用眷獸的吸血鬼以魔族來說算是非常脆弱。面對身為頂尖攻魔師的紗矢華，除了逃個不停也想不出辦法對付。

心靈受支配的紗矢華其實還保有一點點願意放水的神智──這種想得太美的情節，看來也無法期待了。

「可惡……果然是我太衝動了嗎？」

對於讓雪菜先走這一點，古城實在有些後悔。古城從最初就明白，憑他一個人要阻止現在的紗矢華還是太勉強了。

基本上要對付紗矢華，感覺就算是雪菜也無法輕易癱瘓其戰力。這跟把淺蔥還有凪沙弄量時狀況不一樣。

目前驅策著紗矢華的並不是只讓內心慾望脫韁的半完全心靈支配，她是完全受到操控，且真的有意殺古城。

要怎麼做才能不借助莉琉的力量來達到如此強效的心靈支配，這一點古城並不了解。

不過，古城並非一籌莫展。就算不明白原理，要解除紗矢華的心靈支配，古城也想到了一種辦法。

只有身為吸血鬼的他才能用的辦法——

「簡單說呢，只要用更強的魔力蓋過支配那傢伙的力量就行了吧！」

問題在於自己能不能辦到——古城心想著緊咬嘴唇。

要實行他的策略，有幾道非突破不可的門檻。在目前這種不停被攻擊的狀況下，要突破第一關就有困難。

紗矢華以驚人速度突刺的劍掠過了古城的臉頰。

要用道具防範或抵擋具備空間切斷效果的那道鋒刃都是不可能的。能封鎖其攻勢，同時又可以替紗矢華解除心靈支配的方法是——

「雖然有點蠻幹，就試試看吧……」

古城覺悟似的嘀咕，然後自信地露出微笑。

他腦海裡浮現的，是打掃游泳池時和雪菜不經意聊到的話。

曾言道：紗矢華應該怕水——

「——迅即到來，『甲殼之銀霧（Natra Cinereus）』！」

古城召喚了另一匹眷獸——吸血鬼豢養在本身血液中的眷屬之獸。第四真祖奧蘿菈・弗洛雷斯緹納的第四號眷獸，是銀霧環身的巨大甲殼獸。

「唔！」

紗矢華察覺失去地面的觸感，表情頓時僵凝。

「甲殼之銀霧」是司掌吸血鬼「霧化」能力的眷獸，只不過其效果範圍並未侷限於身為宿主的古城。它能奪走物質的結合力，讓萬物化為霧氣。夠格稱為第四真祖眷獸的它是災厄及破壞的化身。

當然，古城並不是要對紗矢華使用那種危險的力量。

目標並非紗矢華，而是她腳下的地面。

紗矢華站在由樹脂及金屬打造而成的增設人工島。那塊人工大地一消滅，位於底下的就是——海。

「啊啊啊啊啊啊！」

被銀霧包裹的紗矢華受重力牽引摔了下去。

這裡離海面約有六七公尺高。伴隨著紗矢華意外可愛的尖叫聲，壯觀的水柱噴了上來。

「——唔，糟糕！」

儘管目的算是達到了，然而眷獸過於強大的攻擊當然沒有這樣就了事。

銀霧以驚人速度擴散開來，人工大地開了半徑幾十公尺寬的大洞。

支撐增設人工島的建材、鋪設的表土，以及立於上頭的樹木和街燈也全部消滅了。失去支撐的道路因而下陷，陸陸續續墜入海中。

「可惡……做過頭了……咳！」

緊抓著傾斜地面的古城被頭上灌來的海水嗆到了。眷獸帶來的壓倒性破壞毫不顧忌地將古城這個宿主也牽連進去。

原本是別墅庭院的地方被剷去一整塊，形成盆地型的巨大海灣。光是附近建築物沒有沉到海裡，或許就該當成幸運了。

「——煌坂呢？」

古城解除召喚的眷獸，然後望向四周。

緊接著，察覺背後有殺氣的他轉過頭。從海裡爬上來的紗矢華正準備朝他舉劍砍下。

然而，紗矢華的攻擊並沒有剛才快。被打濕的衣服纏在身上，剝奪了她的敏捷身手。古城的計策算是成功了，於是——

「噢噢……這是……！」

古城抬頭看了將劍舉到上段的紗矢華，忍不住吞了一口氣。

紗矢華大概是認為行動時會礙事，就將吸水變重的制服背心脫掉了。穿在底下的白色制服襯衫同樣是濕透的，透過貼在肌膚上的布料，在夜裡也能看到她亮白的膚質，以及款式可愛的胸罩浮現在外。

紗矢華本來身材就好，因此那景象頗有震撼力。她每次揮劍，波濤洶湧的胸口和濕透的襯衫相互映襯，吸引住古城的視線。

古城一邊拿捏和紗矢華的間距，一邊慢慢往海水較深的地方移動。

紗矢華也追著他再度泡進海裡。

海面已經來到古城他們腰際的高度。在這種狀態下，紗矢華無法揮劍。因為「煌華麟」造成的空間龜裂會捲入四周的海水，用劍的紗矢華本身也不會安然無恙。所以，她能選擇的攻擊方式肯定只剩突刺——

既然知道這一點，古城就有對策。

「煌坂……別怪我喔！」

古城豁出全副膂力在水底猛蹬，一口氣和紗矢華拉近四五公尺的距離，從正面逼近她。

「曉古城……！」

紗矢華反應得很快。她輕鬆看破古城的行動，已有準備地舉起長劍刺出。
古城沒有閃躲這一劍，而是又一次跨步向前加速，故意朝著劍尖迎上去。
他出乎意料的舉動讓紗矢華稍微失了準頭。
原本應該要刺進古城心臟的劍穿過了側腹，貫穿到背後。
「唔喔喔喔喔！」
古城口中冒出慘叫。痛得要命。不過，那是他一開始就有所覺悟的。
紗矢華捅入古城身體的劍深達根部無法拔出。而古城還能動。
眼前是紗矢華嚇得愣住的身影。古城伸出的手抓住了她的領口。
被海水及汗水濡濕的白嫩頸根，濕透的襯衫底下浮現細細鎖骨。讓人忍不住看得入迷的端麗臉孔，以及和纖瘦體型不相襯的深深乳溝——
即使是在賭命相搏的戰鬥當中，要刺激古城的慾望，這樣已經足夠。
而吸血鬼具有的吸血衝動源頭就在於性慾。
「什麼！」
古城用力一拽，紗矢華的襯衫前襟被扯開。她的肌膚裸露在外，古城將獠牙扎入其中。
「唔！」
紗矢華痛苦得表情扭曲。古城毫不顧忌地啜飲她的血。

相傳吸血鬼能夠操控本身吸過血的人。不巧的是，古城並不會那種高明的把戲，但他應該至少可以灌入第四真祖的強大魔力，抵消掉紗矢華受到的精神支配。

但是在精神支配完全解除前，紗矢華從裙襬底下拿出了銀色飛鏢——獅子王機關配發的蘊含咒力的暗殺裝備。

紗矢華轉動手腕，用鏢尖對準古城的後腦杓。

要是被那種玩意插進延髓，就算再強的吸血鬼也招架不住。

然而，紗矢華在揮下凶器的途中停手了。有短短的一瞬，她似乎靠著本身意志反抗了心靈支配，將飛鏢放開並依偎到古城身上。

「啊……」

紗矢華唇間冒出甜美吐息。

古城感受著紗矢華柔軟的體溫，抱穩她那放鬆力氣的身軀。

天色在不知不覺間開始泛白。

兩人浴血相擁的模樣被黎明的天空靜靜照亮。

4

拂曉時分的大氣中充斥著魔力殘滓。

那是古城喚出眷獸，抵擋紗矢華施展的雷擊咒術所留下的餘韻。

久須木幸福企業的公司車停靠在離別墅稍有距離的濱海道路。因為搭載的自動駕駛裝置感測到打雷的影響而緊急停車了。妃崎霧葉帶著莉琉下車，大概是放棄搭車移動，打算徒步走回公司辦事處。

可是，在霧葉牽著莉琉動身以前，她停下腳步抬起頭。

霧葉望去的地方，有雪菜手持銀槍的身影。

「──將結瞳還給我們。」

雪菜瞪著霧葉說了。

哇喔──莉琉愉快地發出驚嘆，並且仰望霧葉。

霧葉嘆息著搖頭，從揹在肩上的盒子抽出長槍──如音叉般分成兩頭的濃灰色雙叉槍。

「我不明白呢，姬柊雪菜。妳沒有理由要將莉琉帶回去，不是嗎？」

霧葉靜靜詢問。

雪菜身為劍巫，任務是監視第四真祖——曉古城。無論江口結瞳身分為何，雪菜都沒有權利將她帶回去。然而——

「我認為要將妳視為敵人，光是妳讓被洗腦的紗矢華攻擊曉學長，這個理由已經夠充足了喔。」

雪菜沉著地反駁。霧葉間接想傷害她的監視對象古城。雖然這算詭辯，不過還是能當成雪菜和霧葉交手的根據才對。

「我不想讓莉琉和第四真祖接觸，因為他是太過危險的不確定因子。」

霧葉無奈地搖頭回答。

就在隨後，她們後面傳來了巨大的破壞聲響。宛如爆炸煙塵的銀霧竄上清晨的天空。古城用了第四真祖的眷獸。

「妳不必去看看他們的狀況嗎？」

霧葉用調侃似的口氣問了。然而，雪菜面色不改地搖頭說：

「紗矢華不會有事的。學長大概也是。」

「……妳對第四真祖抱持著信任呢。有點意外。」

霧葉納悶地挑眉。接著，她像是覺得自己失言，搖搖頭補充：

「啊，希望妳不要誤解，我對第四真祖沒有興趣。雖然我知道妳在監視他，但我並沒有阻擾的意思。將第四真祖扯進這件事情的不是我，而是煌坂紗矢華。」

「把結瞳帶回去以後，久須木幸福企業想對她做什麼？太史局為什麼要幫那些人？」

雪菜無視霧葉的藉口並發問。

太史局和獅子王機關一樣，是內務省底下的特務機關。既然他們和這次的事件有關，就能理解獅子王機關為什麼無法公然出手保護結瞳。

八成是太史局在政治面施加壓力，遏阻獅子王機關干涉。

呵呵——霧葉一臉得意地笑了。

「久須木幸福企業是江口結瞳的法定監護人喔。而且，想回去是她自己的意思，就算是獅子王機關也沒有權利阻止才對。」

雪菜像是屈服於她，微微點頭附和：

「說的也對。不過，那必須是結瞳心裡真的那樣想才可以——！」

「唔！」

雪菜無預警地蹬地猛衝，用銀槍朝霧葉招呼過去。

霧葉立刻以雙叉槍擋下攻擊，口中則用力咂嘴。

因為霧葉發現雪菜的目標不是她，而是她手裡的槍。

雪菜的槍和霧葉的雙叉槍正面衝突，綻放出純白光彩。

那是神格振動波——能讓魔力失效、斬除萬般結界的破魔光輝。「鏗」地冒出了刺耳的噪音，消滅了雙叉槍蘊含的魔力。

「實在是一項棘手的裝備呢，獅子王機關的七式突擊降魔機槍——」

霧葉硬是擋退雪菜，露出一絲獰笑。

「……妳是在什麼時候察覺到這把槍的真面目？」

「從一開始。因為妳在莉琉的人格覺醒後立刻出現，時機未免太巧了。」

著地的雪菜再度持槍看向霧葉。

沉睡於結瞳體內的莉琉人格，在深夜裡忽然覺醒。

儘管她根本沒碰到讓其他人格覺醒的刺激或體驗。

既然如此，可能性就只有一個——

有人從外部支配結瞳的精神，強迫莉琉醒來。

「太史局的乙型咒裝雙叉槍（Ricercare）……讓莉琉的人格覺醒，還有對紗矢華催眠，都是靠那把槍的能力吧？」

雪菜說著冷冷瞪了霧葉的槍。乙型咒裝雙叉槍，那是以和獅子王機關不同技術體系打造出來的調伏兵器。

其能力為增幅蓄積的魔力，並且照使槍者的意志釋放出來——透過那項能力，雙叉槍的使用者可以施展出人類理應無法動用的特殊能力，或者操控龐大的魔力。要說的話，乙型咒裝雙叉槍就是仿效魔力的武器。

「妳事先將莉琉——不對，將結瞳身為夢魔的魔力蓄積在那把槍裡。妳用了那項能力，反過來讓結瞳覺醒成莉琉。」

「答對了。雖然我沒有想到，好不容易蓄積的魔力會在這種形式下消滅。」

霧葉說得毫不內疚。

對於操控魔力的乙型咒裝雙叉槍來說，雪菜那把能讓魔力失效的「雪霞狼」堪稱天敵。蓄積的魔力消失，霧葉的術式已經遭到破解。

「雪菜姊姊——！」

恢復原本人格的結瞳求救似的叫了雪菜。

即使看到雪菜拿著長槍，結瞳也沒有太驚訝，或許是以莉琉人格度過的記憶都還留著的關係。

無論如何，狀況改變了。現在的結瞳已經不希望回去久須木幸福企業。

如果霧葉還是想強行將結瞳帶走，她就只是綁架犯了。無關於獅子王機關的任務，雪菜可以對結瞳伸出援手。

「這樣我就有理由阻止了。或者妳願意直接離去？六刃？」

雪菜警告霧葉。霧葉應該也已經理解了立場逆轉的事實。要是她繼續留在這裡，將有損太史局的顏面。

即使如此，霧葉「唰」地舞起花槍說：

「坦白說可以的話，我希望能和平相處，不過也沒辦法了……雖然這會違反和獅子王機關的協定，就睜一隻眼閉一隻眼當作臨場判斷吧──！」

「唔！」

化為颶風掃來的雙叉槍被雪菜以銀槍擋下。

裝填在霧葉槍裡的魔力並無剩餘，但那不代表它連做為武器的功能都失去了。而且雪菜的「雪霞狼」對不具魔力的攻擊發揮不了特別效果，兩人的裝備平分秋色。

「假如妳以為光是封住乙型咒裝雙叉槍的能力就算贏，未免也太天真了！」

「……唔！」

霧葉凌厲地連續出招，雪菜被迫落於守勢。獅子王機關的劍巫和太史局的六刃系出同源，兩人使用的招式十分相像。

正因如此，用招者的身手差異便具體呈現於戰況的優劣之上。

即使雪菜有才能，實戰經驗仍壓倒性不足，體格上的不利也無從否認。

專門對付魔獸的六刃每一招出手都是既快又猛，雪菜的防禦輕易就和嬌小的個子一起被打飛了。

然而，神色焦慮的並非雪菜，而是發動攻勢的霧葉。

霧葉的必殺攻擊無法命中雪菜。

獅子王機關的劍巫能洞見片刻後的未來，太史局的六刃也是如此。可是在預判戰局時，雪菜屢屢搶先於霧葉。

因為雪菜的靈視能力凌駕在霧葉之上。

「不愧是獅子王機關派來監視第四真祖的人才……我還以為是個乳臭未乾、只有長相可取的小朋友呢，呵呵……就是要這樣才對——！」

啊哈哈哈哈哈哈——霧葉剽悍地笑了出來。故作優雅的偽裝剝落，她嗜虐而好戰的本性見光了。

「鳴雷——！」

霧葉奮力一擊，瓦解了雪菜的架勢，再趁隙使出強猛膝撞。蘊含咒力且專剋魔獸的打擊技，普通人要是直接挨中，免不了內臟破裂。

不過，雪菜閃過毫不留情的那一擊，反過來鑽到霧葉跟前。

「撼鳴吧！」

雪菜施展的是零距離下的內臟破壞攻擊。霧葉主動往後彈飛，立刻卸去衝擊的力道。

「『霧豹・雙月』！」

霧葉刺出乙型咒裝雙叉槍，兩道鋒刃相互共鳴，散播出破壞性的音波。能增幅魔力的槍增幅了霧葉的咒力，施放出強效的攻擊咒法。

「唔！」

「雪菜姊姊——！」

結瞳看到雪菜被破壞音波捲入，忍不住放聲尖叫。

但雪菜沒有倒下。她舉起的銀槍綻放光輝，斬斷了咒力催發的破壞音波。隨後——

「『雪霞狼』！」

雪菜的槍呈螺旋刺出，將霧葉的雙叉槍彈開。

咒力被削去大半，霧葉急躁地後退。從她唇間咳出的是鮮血。她並沒有徹底抵消雪菜發勁的威力。

「血……我的……血……！」

霧葉用手掌粗魯地擦了濡濕的唇，興奮似的呼氣。

她看著染紅的手掌，眼裡甚至流露出陶醉神情。

「對付人類，我難免比較吃虧呢。沒想到和獅子王機關的劍巫交手會這麼刺激。時間已到真是太可惜了，妳不覺得嗎？」

「時間已到……？」

霧葉突然說出的字眼讓雪菜產生些許猶疑。

耀眼的光芒照亮了雪菜那張臉龐。

延展於道路盡頭的海平線已經被朝陽染白。天空即將破曉。

霧葉似乎失去戰意，放下了雙叉槍。

隨後，一陣足以搖撼大地的爆炸性魔力波動撲向了增設人工島「蔚藍樂土」。

「——唔！」

太過強大的衝擊令雪菜承受不住，跪倒在地。和雪菜等人昨天在「魔獸庭園」感受到的一樣，然而和當時一比，魔力的密度變高了。

「這股波動……到底……是什麼……？」

雪菜愕然望向大海。魔力波動的源頭在海底。離蔚藍樂土遙遠的海底，似乎正漫無目標地釋放出一股龐大的魔力。

假如雪菜具備軍事知識，大概就會察覺那股魔力波動類似於軍用潛水艇的探測波。為了得知敵方位置，潛伏於水底的某種物體正釋放探測用的魔力波動——

「吾影似霧亦非霧、似刃亦非刃——！斬斫如泡影，啼號現災禍——！」

霧葉趁著雪菜因魔力波動分神的短瞬空檔，誦唱出禱詞。

流入的龐大咒力被乙型咒裝雙叉槍增幅，形成一道刃狀衝擊波。

雪菜也立刻以「雪霞狼」備戰，但為時已晚。霧葉的攻擊先一步朝著雪菜掃來，衝擊刃劃穿大氣。

時間上來不及防禦。

然而，低聲驚呼的並非雪菜，而是發動攻勢的霧葉。

「結……瞳……？」

「莉琉？」

雪菜她們同時喚了不同少女的名字。

抵擋住霧葉攻擊的，是為了保護雪菜而展開的黑色翅膀。

以魔力編織成的幻影之翼。展翅的是結瞳，不是莉琉。主動使出夢魔力量的結瞳，憑自身的意志保護了雪菜。

「請妳們……住手。霧葉小姐，還有雪菜姊姊都住手。」

結瞳摁著夏季洋裝裂開的領口，落寞地露出微笑。

接著她背對雪菜她們，將視線轉向清晨的蔚藍樂土。

在運河對面，能看見「魔獸庭園」——久須木幸福企業的研究所。

「已經夠了……我自己會了結這一切……」

結瞳說著拍動黑色翅膀。她嬌小的身軀無聲無息地飛上天空，順勢滑翔離去。

「……結瞳……為什麼！」

轉眼間被拋下的雪菜不明白發生了什麼事情。

原本逃出久須木幸福企業的結瞳為何會改變心意？

從海底釋放出的那陣魔力波動又是什麼——？

理應知道那些答案的霧葉，也莫名露出有些不滿的表情，仰望著結瞳飛離的天空。

雖然雪菜和霧葉彼此都毫無鬆懈地擺著架勢，但她們已經失去交手的理由。

因為結瞳已經不在了。

「藍羽……淺蔥……」

放下雙叉槍的霧葉將視線轉到雪菜背後，並開口嘀咕。

雪菜察覺到腳步聲接近，也跟著轉頭。穿著涼鞋的淺蔥氣喘吁吁，正朝她們這邊趕來。

在別墅裡恢復意識的淺蔥察覺到古城等人不在，就過來找人了。

「——姬柊，發生什麼事了？結瞳呢？」

「藍羽學姊，不可以！請不要過來！」

雪菜提防著霧葉的舉動，大聲警告。淺蔥被她的聲音嚇住，停下了腳步。

然而，霧葉只是意興闌珊地瞥了淺蔥一眼。
她眼裡流露的情緒是對淺蔥的同情及輕蔑。
「這樣啊……妳就是……該隱的巫女……」
「妳是什麼人……？」
霧葉用近似憎恨的目光看過來，淺蔥不愉快地瞪了回去。
彷彿受到殺意驅策，霧葉使勁握住雙叉槍，不過立刻又換了想法似的搖搖頭說：
「責難妳也不合道理呢。不過，很抱歉，別怪我如此——」
再見——霧葉說完，便轉身背對雪菜她們。
雪菜只能不知所措地望著就這樣默默離去的她。

5

別墅庭院原本所在的地方，變成一片狼藉。
地面像是被巨大鏟子挖過似的整塊凹陷，裸露的人工島建材泡在海水裡。街燈、鋪滿橡膠顆粒的道路還有護欄，全消失得無影無蹤，傾斜的綠色草皮則被打上來的波浪沖刷。

不用想也知道是誰做的好事。就是因為古城用了眷獸。

為了解除紗矢華一個人的心靈支配，為何非得將環境破壞得像這樣滿目瘡痍？雪菜忍不住感到暈眩。

「學長！」

差點陷入海裡的草皮前緣。在變得像海灣的地方有一對交纏相擁的男女倒在一起。一個是綁馬尾的少女；另一個則是打赤腳、穿著T恤的少年。熟睡得像是死了的兩人渾身是血。

「欸……這什麼嘛？殉情未遂嗎！」

不了解事情經過的淺蔥臉色蒼白地趕到兩人身邊。

聽她這樣一說，紗矢華右手握著染血的長劍，古城腹部則有被捅過的痕跡。看起來只像情侶吵架到最後，女方刺殺了男方，然後企圖殉情的光景。

「古城，振作一點啦！還有煌坂……這到底怎麼搞的嘛！」

淺蔥硬把身軀和紗矢華交疊在一起的古城拉開，然後直接用拖的將快要沉到海裡的兩個人拖到陸地上。結果——

「痛死啦……可惡。不要抓著我晃，我可是肚子開了洞，還差點死掉耶。」

總算恢復意識的古城聲音沙啞地抗議了。

淺蔥不禁探頭看向古城那件染紅的T恤問：

「……啥？你肚子開了洞……咦！」

「紗矢華，身體感覺怎麼樣？有沒有受傷？」

另一方面，雪菜喚了倒地不醒的紗矢華。她身上沒有明顯的傷勢，只有制服的領口不自然地扯開了一大片。

雪菜發現紗矢華纖細的頸根留著吻痕般的出血痕跡，不悅地蹙起眉頭。

「雪菜……？」

紗矢華神情恍惚地睜開眼睛。

她仰望映入眼簾的雪菜，像是懷疑自己正在作夢般微微偏了頭。

「妳醒了嗎？紗矢華？」

「這裡……是哪裡？我在久須木幸福企業碰到那個討人厭的女六刃，然後——」

紗矢華虛弱地嘀咕，然後才回神擺出嚴肅的面孔。

「曉古城呢？他沒事嗎？我拿『煌華麟』用力刺穿了他的身體耶！」

「刺穿……身體？」

紗矢華慘烈的表白連雪菜也聽得傻住了。古城說自己肚子開了洞差點死掉那些話，似乎並沒有加油添醋。

古城身為戰鬥的外行人，要阻止紗矢華行動就得付出那麼高的代價，以道理來說可以理解。可是，為什麼偏偏在自己視線移開時，他就要那麼魯莽呢——雪菜心裡甚至有股憤慨。

「……什麼嘛，原來妳被操控時的記憶也都留著啊。」

古城對雪菜內心的糾葛渾然不知，起身以後就語氣悠哉地叫了紗矢華。

雖然他每次開口都會痛得讓臉皺成一團，但傷勢的影響似乎不大。大概是拜吸血鬼真祖擁有的超痊癒力所賜。

紗矢華淚眼汪汪地來回看著自己染血的右手，以及古城的臉說：

「曉……曉古城，我……呃……」

「啊……沒關係啦。別擔心，是我自己要這樣做的，再說傷口差不多都填起來了。而且流掉的血，我也跟妳要回來了。」

「唔，嗯……」

紗矢華悄然垂下頭，並且按著自己的頸根。

她的臉會害羞似的泛紅，大概不是受朝陽照耀所致。

或許是因為傷了古城的罪惡感，讓紗矢華的態度格外溫順，古城也有些害羞地別開視線說道：

「話說煌坂，妳的衣服，先整理一下吧。我的眼睛不知道要往哪裡看……」

「……咦！」

紗矢華被古城提醒，似乎才發覺襯衫領口整塊被扯開了。她連忙遮住連內衣都外露的胸口，「呀啊啊啊」地發出像是被人掐住的尖叫聲。

淺蔥沉默地朝古城和紗矢華的甜蜜互動看了一陣子，然後便說：

「原來如此……事情為什麼會變成這樣，我大概了解了。」

「我們的視線才離開一下下，學長居然就吸了紗矢華的血，真是厲害呢。難道說，你要我去追結瞳，看準的就是這個？」

雪菜同樣用冷若冰霜的目光對著古城。

這時，紗矢華則是抱著大腿蹲到地上說：

「被看見了……偏偏是當著雪菜的面……讓我死了吧。乾脆殺了我……」

她散發出陰沉憂鬱的氣息，自言自語地嘀咕個不停。

古城感覺到所有人似乎都在怨他，驚慌地望著周遭說：

「咦？奇怪？為什麼講到後來會變得好像是我的錯？我救了煌坂吧？」

「不提那些了，學長……關於結瞳的事……」

雪菜對古城毫無緊張感的態度露出失望的表情，然後單方面換了話題。

「……我沒有成功將她帶回來。對不起。」

「這樣啊……對那個叫莉琉的人格，還是要想點辦法才可以……」

古城不甘心地搔了搔頭。莉琉是自願想回去久須木幸福企業。雖然雪菜沒有將人帶回來，不過總不能怪她。

然而，雪菜咬著嘴唇搖搖頭說：

「我讓結瞳恢復意識了。可是，後來從海底出現了強大魔力干涉，結瞳忽然就說她會了結這一切……」

「……有魔力干涉？」

古城困惑地反問。

由於結瞳是稀有魔族，可以理解久須木幸福企業為何想得到她。

可是從海裡傳出的魔力和她有什麼關係，就讓人不明白了。還有，她說要了結這一切，又是什麼意思——

「已經來到這一步了嗎……怎麼會……！」

紗矢華當著沉默的古城等人面前，焦急似的如此嘀咕。古城等人訝異地回頭問：

「紗矢華？」

「妳知道那個叫霧葉的女人有什麼目的嗎？煌坂？知道的話就告訴我們，現在大家都完全搞不懂狀況。久須木幸福企業想對結瞳做什麼？」

「呃……那個……」

紗矢華被雪菜和古城猛然貼到面前，霎時露出了看似困擾的表情。因為這關係到舞威媛的任務內容，她大概是在猶豫能不能告訴古城他們。

不過既然都牽連到這種地步了，再隱瞞也無濟於事——這麼想的紗矢華似乎是認了，就看開似的嘆著氣說：

「江口結瞳擔任的角色，是祭品。」

「……祭品？」

「久須木幸福企業的久須木會長打算用夢魔族的心靈支配能力，操縱沉在海底的活體兵器啊。為此被選上的祭品，就是江口結瞳。因為她是『夜之魔女』莉莉絲的繼承者——換句話說，就是世界最強的夢魔。」

「世界最強的……夢魔？」

紗矢華的話缺乏現實感，讓古城聽得冒出傻呼嚕的聲音，雪菜和淺蔥也呆住了。

可是沒有人否定她說的話。

即使聽似愚蠢，被稱為世界最強吸血鬼的荒謬事例就在她們眼前，那麼就算有世界最強的夢魔也不奇怪。

「妳說沉在海底的活體兵器，是像前陣子的古代兵器那樣嗎？」

淺蔥忽然想到似的發問。她在幾個月前的恐怖攻擊事件中，曾目擊登陸絃神島的古代兵器。儘管當時的損害已設法控制到最小，古代兵器的戰鬥力仍然十分驚人，整座絃神島差點就化為焦土。

假如能匹敵那具古代兵器的活體兵器就沉睡在海底，那麼會有人希望將其納入手中也不奇怪。何況對方若是研究魔獸生態的企業龍頭，就更不用說了。

然而，紗矢華眼裡顯露出無法完全掩飾的恐懼之色，搖著頭否定：

「不對。製造古代兵器的是『天部』，所謂的古代超人類。他們或許是以凌駕現代科學的文明為豪，但終究還是人類。」

接著紗矢華瞪向破曉後的大海，嗓音顫抖。

「可是那頭活體兵器不一樣。牠是神話時代的怪物，才不是人類能控制的玩意。」

「所以，才要用結瞳當祭品……？」

雪菜自問似的咕噥。淺蔥也挖苦般聳肩嘆著氣說：

「畢竟從古時候到現在，要讓怪物息怒一直都是用純潔的少女當祭品嘛。」

「妳說的那個怪物，到底是什麼來頭啦——？」

古城盯著紗矢華問。

紗矢華退縮似的回望古城，然後有些敷衍地對他苦笑。

「名字的話，說不定你也聽過。」

「咦？」

「記載於聖經的海中巨獸，『嫉妒』之蛇。眾神創造出來的最強生物——」

「——牠就是……利維坦。」

第四章 另一個最強

Another Strongest One

1

「魔獸庭園」中央。面海的海岬前端建有久須木幸福企業的研究設施，外型好似將銀色螺貝埋入地面，是一棟具備未來感的建築物。

面海側備有讓船靠岸的停泊設施，停著企業旗下的四艘船舶。當中有兩艘是用來運送魔獸及魔獸飼料的運輸船；一艘是和絃神島本島聯絡時使用的高速船；而最後一艘則是漆成全白的詭異潛水艇。

宛如將蝠魟放大後的詭異外型。船體為厚實的金屬裹覆，船尾有兩具巨型螺旋推進器。那原本是軍用的試作小型潛水艇，被久須木幸福企業買了下來。

研發用於偵察的船體全長不到十五公尺，三人座的駕駛艙空間狹窄。窄小的駕駛座後頭，以垂直的角度設了形狀像棺材的透明水槽。

在注滿藍色液體的水槽裡，一身衣服類似泳裝的江口結瞳正閉著眼睛。

「——這就是『ＬＹＬ』嗎？想不到這麼小。」

久須木和臣望著堆滿水槽周圍的機器咕噥。即使發現結瞳被裝在裡面，他也只是不感興趣地瞇了眼而已。

『精確來說，此乃「ＬＹＬ」的一部分——控制模組。』

站在檢修用吊車上的久須木背後，從喇叭傳來一陣說話聲。

那是以電子合成的男性粗嗓音。頗有年代感的用字遣詞，留有一絲外國人的腔調。

緩緩轉身的久須木眼裡看到的是一輛全身覆有紅色裝甲的奇特交通工具。和陸龜一樣顯得矮胖的金屬塊上，長著四隻又粗又短的腳。那是對付魔族用的試造兵器，用於街道戰的超小型有腳戰車。

『控制「蛇」必須的運算將於這座研究所的主架構電腦進行。靠潛水艇供應的微薄電源，既不能運作必要的系統規模，亦無法應變意外狀況，故有此安排。』

「算是穩當的判斷吧。只要系統進一步改良，應該也能將『蛇』做單獨運用。」

久須木面色不改地對有腳戰車駕駛者說的話頷首。

窩在這輛戰車裡頭的，是外號「戰車手」的高超駭客。久須木幸福企業取名為「ＬＹＬ」的特殊系統，也是由「她」一手建構而成。

儘管模樣奇怪，她身為程式設計師的手腕卻是貨真價實。而且只要做為部下有其才幹，久須木根本不在乎她的外表。

「江口結瞳的狀況如何？妳讓她睡著了嗎？」

久須木總算問到水槽裡的結瞳了。「戰車手」依然用無數管線和潛水艇連接著，並緩緩地將戰車鏡頭轉過來回答：

『處於半覺醒狀態吶。因為莉莉絲失去意識後魔力就停止供給了。換言之，目前她正在作夢是也。』

「……原來如此，正因為她是夢魔嗎？」

久須木嘀咕完，貌似不感興趣地哼了一聲。

「世界最強的夢魔會是這樣的小孩，也真是諷刺。要將這樣的女孩當成祭品，我倒不是沒有心疼的意思——」

『不過，這亦為莉莉絲自身的意願吧。因此才有「ＬＹＬ」為其而生。』

「戰車手」鄭重說道。

「也對。那麼，至少要留心別讓她的犧牲白費。」

久須木說著自信地揚起嘴角。

隨後，有久須木幸福企業的年輕工作人員趕到了久須木等人身邊。他手裡捧著平板電腦，臉上有股說不出的害怕緊繃。

「會長——捕捉到『蛇』的位置了。在絃神島本島西南方四十海里處附近，深度約四百公尺。」

『一切皆按照計畫進行是也。』

「戰車手」拔掉達成任務的管線，豪邁地笑了出來。

久須木也露出一絲微笑，低頭看著水槽中的結瞳說：

「果然被莉莉絲誘惑了嗎？即使人稱眾神時代的活體兵器，終究還是魔獸。話說回來，要不是那樣就頭痛了。」

「『蛇』……『蛇』的移動速度估計為每小時十六節。照這樣下去，恐怕會在三十分鐘之內被沿岸警備隊掌握位置——」

「不要緊。『夜鷹』完成離港準備了吧？」

久須木撇開工作人員不安的忠告，跳上純白潛水艇。「夜鷹」是他為潛水艇取的名字。

『模組一啟動結束，隨時可啟航。』

「戰車手」說著拔去了最後一條管線。

潛水艇的維修閘被關上，駕駛艙裡點亮燈光。水槽裡浮出氣泡，身上衣服和泳裝一樣貼身的結瞳痛苦地開始掙扎。圍著她設置的機械發出低鳴並啟動。

「您真的要親自搭乘嗎？會長？安檢還沒徹底完成——」

「你們留在研究所也是一樣吧？四十海里的距離，由牠來看近在咫尺啊。」

久須木一派平靜地對搭話的工作人員笑了。

「況且，王要有與王相襯的坐騎。把自己關在城裡的支配者可無法讓民眾為之痴狂。」

『一點也不錯。』

「戰車手」樂得附和久須木作戲般的台詞。

久須木朝那台有腳戰車瞥了一眼，然後將視線轉到停泊處後頭。有個年輕女子站在那裡，像在目送搭上潛水艇的久須木。

烏黑長髮及黑色制服。是妃崎霧葉。

「——感謝妳們的協助。要是能順利將『蛇』馴服，我定可回報這份恩情。」

久須木用獨裁者演講般的語氣告訴她們。

呵呵——「戰車手」的機體隨笑聲搖晃了。

『毋須費心，會長大人——在下有在下的打算是也。』

「妳還真老實。能說得那麼直接，反倒可以信任。」

久須木滿足地點頭，然後便坐進潛水艇當中。厚實的雙重艙門闔上，狹窄的駕駛艙裡充斥著寂靜。重現海中狀況的立體影像顯示在駕駛座正面的主螢幕上，有道巨大的形影悠游於畫面中央。

純白潛水艇開始潛航。久須木的視野染上藍色。

他望著海中的美麗光景，猙獰地笑著自言自語：

「那麼，我們走吧，魔獸之王。效法以往的『遺忘戰王(Lost Warlord)』，昭示出力量吧。對狂妄的人類揮下制裁鐵槌——」

2

別墅裡拉緊窗簾的女生房間。在並排的三張床中間，藍羽淺蔥正打開行動電腦。古城在她後頭望向螢幕，兩旁有雪菜和紗矢華聚在一塊。

儘管古城被同年齡層的少女圍著，之所以絲毫沒有心動的感覺，大概是因為他們正要駭入沿岸警備隊的管控室，情境十分緊繃。

「有了……大概就是這個。利維坦。」

竊聽反潛警戒機通訊的淺蔥說了。顯示在螢幕上的，是類似魚群探測機畫面的橘色及綠色斑點圖樣。

古城歪著頭看了一會，然後才問：

「看不太懂耶，這個畫面。東西在哪裡？」

「我說啦，就在這裡。從這裡到那裡通通都是利維坦。」

「啥？」

古城望著淺蔥指的部分，眼睛睜得圓大。他來回比較顯示的東西和四周地形，將畫面上的數字確認過好幾次才說：

「呃，可是這未免……太大了吧！有幾公尺啊！」

「粗略估計，全長大約四公里多。雖然以傳說中『海中巨獸』來說，或許意外地小。」

淺蔥口氣平淡地斷然說了。由屬於數位人的淺蔥來看，就算數字再怎麼荒謬，資料一顯示出來大概就非得接受了。

就連雪菜也一臉困惑地望著淺蔥問：

「這真的是生物嗎？」

「世界最強的魔獸並不是講好聽的。無論航空母艦或核能潛艇，牠都不看在眼裡啦。」

淺蔥隨口說著聳了聳肩。

像是要補充的紗矢華不情願地開了口：

「利維坦是遠古時期——眾神時代的活體兵器。以往只是確認過牠的存在，幸好過去都處於休眠狀態，只會沿著龍脈在海底漂流。頂多偶爾會有運氣不好的船被牠弄沉，並沒有發生過主動襲擊人類的案例。」

「久須木幸福企業的會長是打算馴養那傢伙嗎——？」

「對啊。就是利用沉睡在江口結瞳體內的莉莉絲之力。」

紗矢華點頭回答古城的疑問。她的表情顯得有些難過，大概是沒有達成保護結瞳的任務，讓她覺得自己有責任。

「妳提到莉莉絲……是世界最強的夢魔對吧？」

古城表情凝重地問。

他曉得有「夢魔」這種魔族存在，但是就連住在「魔族特區」的他也是第一次實際遇到。即使說那是世界最強的夢魔，也幾乎想像不出具體的形象。淺蔥和雪菜應該也一樣。

「所謂的夢魔，並不算多強大的魔族喔。他們的心靈支配能力只能影響到睡眠中或其他毫無意識的對象。而且和人類混種的情形加劇，純種夢魔幾乎都不剩了。」

到最後，軟心腸的紗矢華還是幫忙做了詳盡的說明。

純種夢魔絕跡了，這就表示結瞳應該也是夢魔和人類的混血種。難怪古城等人沒有發現她是魔族。

「只不過，要說力量薄弱也是有例外。擁有強大心靈支配力的夢魔，偶爾就是會出現喔。其中具代表性的正是——」

「莉莉絲，對嗎？」

嗯——紗矢華沉重地點頭。

「夢魔這個種族，並不像吸血鬼一樣長生不死，所以要透過轉世的形式繼承力量。上一代的莉莉絲死了之後，下一代的莉莉絲就會在世上某處誕生。有資質成為莉莉絲容器的江口結瞳，碰巧就被選上了。」

「所以說，她本來是以普通人身分生活，某一天就突然覺醒成世界最強的夢魔嘍？」

我沒辦法當成別人的事看待耶──古城緊咬嘴唇。由忽然被轉嫁「世界最強吸血鬼」這種體質的古城看來，實在無法不對結瞳抱持親近感。

何況結瞳還是小學生，她本人受到的動搖肯定遠比古城深刻。

「當然那應該對她造成了打擊，和父母之間好像也有摩擦。我還接到了她受過輕微虐待的報告。」

「這樣啊……所以久須木幸福企業才會收養結瞳。」

總算露出理解表情的古城如此嘀咕。

昨天結瞳碰見古城等人以後，一次都沒有說過要回父母的身邊。不過換成現在，她會有那種態度也能讓人體諒了。

「所以說，結瞳的能力可以有效控制利維坦，這件事久須木幸福企業是從一開始就知道的嘍？」

不悅地蹙眉的淺蔥問道。假如久須木幸福企業知道那一點，等於他們從一開始就是為了將結瞳獻給利維坦當祭品才收養她。不過——

「那就不得而知了。」

紗矢華意外冷靜地搖頭。

「夢魔是容易被迫害的魔族，所以久須木幸福企業一直資助保護他們的活動。因為夢魔的能力對馴養魔獸很有效，久須木幸福企業將來還能聘他們為員工或『魔獸庭園』職員。」

「這樣算兼顧私利的公益活動嗎……聽起來還滿正派的耶。」

古城略感疑惑地咕噥。

保護夢魔能提升久須木幸福企業的形象，又可以保住有能力的員工。對夢魔來說，應該會歡迎來自大企業的援助。

兩者恐怕一直以來都建立著良好的共存關係。

只要沒有牽扯到利維坦這種玩意的話——

「所以說，久須木幸福企業並不是因為結瞳是莉莉絲才保護她嘍？何止如此，中間他們還可能根本沒發現她是莉莉絲……？」

淺蔥一臉嚴肅地沉思。假如紗矢華的說明屬實，結瞳會受到久須木幸福企業保護就是單純的巧合，和這次事件搭不上線。

「仔細一想，光是因為夢魔的力量對調教魔獸有效，一般也不會想到要用那種力量去控

制利維坦啊。那樣思考實在太跳躍了……換句話說，有人向久須木幸福企業的大老闆講了莉莉絲和利維坦之間的關係吧——」

「妳的意思是，有人慫恿他利用結瞳來馴養利維坦嗎？」

古城訝異地看向淺蔥。雪菜則恍然大悟地倒抽一口氣。

「難道說，是太史局——」

太史局的六刃——妃崎霧葉。會煽動久須木幸福企業，安排出這種局面的沒有別人，就是她和背後的組織。這樣一想，霧葉打算將結瞳帶回去的理由也就說得通了。

「……莉莉絲和利維坦同為七大罪的象徵喔。而且兩者與『蛇』都關係匪淺。有說法認為在伊甸園誘惑夏娃的『蛇』是莉莉絲，也有人認為是利維坦——無論真相是什麼，他們之間肯定非常契合。」

紗矢華大概是為了缺乏歷史知識的古城才突然說明這些。棲息於海底的怪物和結瞳之間有意想不到的牽連，讓古城表情緊繃。

「所以被賦予強大心靈支配能力的『夢魔（莉莉絲）』，正是以往眾神為了操控『活體兵器（利維坦）』而創造出的裝置——或多或少進修過魔法的人要推導出這種結論並不難。先不管久須木幸福企業的會長懂不懂，太史局會知道這層關係應該是當然的吧。」

「——妳說的太史局，工作應該是防範魔獸造成的災害於未然吧？既然這樣，他們會想控制利維坦，感覺應該也不算多奇怪的事。」

古城忽然喃喃說出單純的疑問。

雪菜和紗矢華則從左右包夾，瞪著他說：

「不，那樣很奇怪。」

「危急時他們大概會那樣做，可是不理的話就只會在海底繞圈圈又人畜無害的怪物，幹嘛要專程去把牠挖起來啊？」

「那我怎麼會知道！妳們直接去問那個叫霧葉的女生啦！」

儘管古城懾於兩人的氣勢，還是拚命反駁。

紗矢華像個賭氣的孩子，噘起嘴唇說：

「下次再碰到，我當然會那樣做啊！」

「可是先不管太史局有什麼盤算，為什麼他們會協助久須木幸福企業呢？」

雪菜無視於針鋒相對的古城和紗矢華，相對冷靜地提出疑問。

淺蔥自顧自的敲著鍵盤說：

「那我大概可以猜到。久須木幸福企業的久須木會長可是真實方舟的出資者喔。」

「真實方舟？」

沒聽過的組織名稱讓雪菜微微偏過頭。

淺蔥用行動電腦的螢幕秀出了那個組織的網頁。

「——他們自稱是環保團體。實質上呢，這是一群用環保運動名義搞破壞的環保恐怖分子。他們打著保護魔獸的名目襲擊學術調查船，還破壞防範魔獸的護欄、阻礙別人驅離襲擊村落的魔獸——哎，一般來看這些全都是犯罪行為啦。」

「自己公司就在買賣魔獸的老闆，還出錢給那些人喔？」

古城皺著臉說。淺蔥也一臉厭煩地嘆著氣表示：

「那種人才不會特別去留意自己的主張有什麼矛盾啦。他們認為自己是正義，然後就停止思考了啊。」

是這樣喔——古城心生不快。

保護瀕臨絕種的魔獸當然是有意義的活動，可是並不代表為此做什麼都能被允許，更不用說為了保護魔獸而攻擊人類。何況久須木幸福企業本身就在獵捕、販銷魔獸，還將牠們用於研究。

由他們來支援恐怖攻擊行動，不僅讓人感覺極度的師心自用，在道理上也不攻自破。

「不過，那種偏激的魔獸保護主義者要是得到了世界上最強的活體兵器，就有點棘手了。難保他們不會講出要將傷害魔獸的人全殺光的論調。」

「……開什麼玩笑！為了那種自以為是的正義，那個叫久須木的傢伙就打算把結瞳當成祭品嗎！」

古城破口大吼。

壓抑不住的魔力從緊握的指縫間冒出，灑落青白色火花。

那個叫久須木的男人，恐怕是想將利維坦用於恐怖攻擊行動。利維坦的力量若是真的，即使面對國家軍備也可一搏。他打算用武力威脅獵捕、驅除魔獸的人們，將自己的主張強加於別人身上。

「感覺真的是胡鬧呢。連性情溫和的本姑娘都火了！」

火大的似乎不只古城一個人。淺蔥的指頭飛快地敲擊著鍵盤，行動電腦的液晶螢幕上逐漸被成串的無數字母及數字占滿。

「藍……藍羽？呃，請問……妳在忙什麼？」

紗矢華似乎對氣勢洶洶的淺蔥感到不安，就畏怯地問了一聲。

然而淺蔥頭都不轉，只是用螢幕顯示出神祕數據，自顧自的說：

「……『ＬＹＬ(莉琉)』？利維坦的控制模組……用『夜鷹』是嗎……原來如此，運算的過程是由研究所來執行啊，和操控太空梭用的技術一樣嘛。」

「難道妳入侵了久須木幸福企業的電腦？怎……怎麼辦到的？」

紗矢華像是受到刺激，愣得連眼睛都忘記眨了。

淺蔥所做的是入侵久須木幸福企業的公司內部網路，不折不扣的非法存取——犯罪行為。基本上對淺蔥來說，做這種事所要花的工夫頂多像闖紅燈過馬路。她自然不會粗心留下證據。

「古城！」

「有。」

「結瞳被載上潛水艇，朝利維坦那裡出發了。久須木也在一起。」

「潛水艇？他們想爬到利維坦身上嗎！」

不妙——古城在口裡如此嘀咕。要是被他們潛到海底，古城等人就算想搶回結瞳也無法出手。

「利維坦的操控系統本尊，是設在久須木幸福企業的研究所中一個叫『ＬＹＬ(莉琉)』的系統裡面。總之只要劫持那個系統，就能破壞久須木的計畫了。」

「妳說……『ＬＹＬ(莉琉)』？」

耳熟的字音讓古城繃緊臉孔。

不認識莉琉的淺蔥納悶地看著他那種反應又說：

「為了穩定引導出夢魔的能力，那似乎是將結瞳的一部分人格移植到電腦後的人工智慧，感覺就像人工製造的虛擬第二人格(Wired Doppelgänger)吧。就是這個『ＬＹＬ』占據了結瞳的意識，引導出莉莉絲的能力。」

「協助久須木幸福企業的人格就叫『莉琉』啊……原來如此。」

古城想起莉琉提到自己的真面目時所說過的話。

儘管莉琉操縱著結瞳的肉體，和結瞳卻是獨立分開的另一個人。

結瞳被她占據身體時，能萬全駕馭夢魔的力量也是可以理解的。因為「ＬＹＬ」就是為此設計的程式。

只要那個程式還在運作，古城等人就無法拯救結瞳。即使硬將人帶回來，莉琉的人格應該又會出現，並且自願幫忙久須木。

因此，古城等人不只要拯救去了利維坦那裡的結瞳，還必須設法處理久須木幸福企業設在研究所的程式。

雖然很嘔，但是這似乎不是古城一個人處理得來的問題。

「——淺蔥，『ＬＹＬ』那邊可以拜託妳嗎？我去將結瞳帶回來。」

古城緩緩起身並發問。要應付人工智慧，古城當然沒辦法，獅子王機關的兩個人也是外行，只有淺蔥能拜託。

「欸……你們兩個自顧自的講什麼啊？這是我的任務耶！」

一直聽著古城他們對話的紗矢華焦急地打岔了。然而淺蔥無視於她，抬頭看著古城說：

「我從一開始就是這麼打算，不過你要怎麼辦？想將人帶回來，要怎麼去追潛水艇？」

「那個問題，煌坂會想辦法吧。」

「咦？我嗎？」

話題突然被丟回來，紗矢華指著自己的鼻子愣住了。

古城用充滿期待的視線看著她說：

「因為這是妳的任務吧？」

「就……就算你忽然這麼說，我也沒辦法嘛……！」

「呃，久須木幸福企業有沒有預備的潛水艇？」

雪菜似乎不忍看紗矢華被問得汗流如柱，就含蓄地提問了。

對喔──古城彈響指頭說：

「把那個搶來追結瞳就行了嘛。」

「是的。不過，前提是假如有的話──」

「……潛水艇是沒有，不過高速船還在。我想只要有自動駕駛裝置，我們這些人就能操縱。說到能不能追上結瞳，其實時間很吃緊，不過趁利維坦浮上海面的空檔或許有機會。」

從旅行袋裡拿出平板電腦的淺蔥秀了研究所內的簡圖給古城看。這傢伙到底有幾台電腦？古城一邊傻眼地心想一邊收下。停船庫似乎是在「魔獸庭園」最深處，要到那裡感覺有些費事。

「那麼，我們盡早出發比較好呢。」

「……姬柊妳也要一起來嗎？」

古城訝異地看了照樣握著長槍起身的雪菜。

雪菜刻意咳了一聲說：

「因為我是學長的監視者，和學長一起去是當然的。況且……之前沒將結瞳帶回來，我也有責任。」

「呃，那是……我的任務耶……」

紗矢華捧著銀色長劍，幽幽地強調自己的存在。

可是努力主張自我的紗矢華聲音卻被忽然使勁打開的房門聲蓋過。

「嗨……奇怪，你們幾個打算去哪裡？一大早就成群結隊的……」

門都沒敲就跑進女生房間的人是穿家居服的矢瀨。之前古城放著他在走廊上昏睡不管，現在似乎清醒了。

「沒事啦！你繼續睡！」

要特地說明也很麻煩，因此古城粗魯地將枕頭扔到矢瀨胸口。

時間剛過早上七點。想到昨晚大家都熬夜，古城的命令倒不至於太離譜——

「呃，就算要我睡，吵成這樣也睡不著啊。再說早起是健康祕訣耶。」

不知為何，矢瀨偏偏在這種時候說得頭頭是道。

淺蔥聽到他那種耍小聰明的發言，不耐煩地回過頭說：

「夠了，你幫我準備早飯。去便利商店買！」

「喔……唔？妳說便利商店，這裡是剛蓋好的度假村耶……」

「煩死了！快去！」

儘管矢瀨對青梅竹馬霸道的命令頗有微詞，還是離開了別墅。

古城等人安心地吁了口氣目送他離開，然後才連忙準備出發救結瞳。

3

古城等人搭上自動駕駛的電動車，動身前往「魔獸庭園」。

考量到會在船上戰鬥，古城一身泳褲配T恤的輕便裝扮。

雪菜在泳裝外頭披了尺寸稍大的尼龍連帽衣，還揹了黑色的衝浪板收納盒。盒子裡裝的自然是「雪霞狼」。另外——

「咦？煌坂？妳有帶泳裝來啊？」

古城看著不知不覺中換好衣服的紗矢華問了。

紗矢華穿的是用緞帶鑲邊的櫻花色比基尼，外面也加了件襯衫，不過由於胸口一帶撐得很緊繃，反而讓泳裝格外顯眼。

「我……我向藍羽借的。總不能帶著一身血跡到處晃嘛。而且又沒有其他合尺寸的衣服……看……看起來果然很奇怪嗎？」

「咦？不，在小的瞻仰之下看不出來尺寸方面有沒有問題……」

古城官腔官調地回答了頻頻偷瞄他反應的紗矢華。

紗矢華氣得橫眉豎目。

「幹嘛突然用敬語啦！」

「如果隨便說感想，妳不會突然砍過來嗎……話說妳身材本來就很好，大方一點啊。妳駝背會強調出很多部位，看起來相當不得了。」

「啥？駝背？」

紗矢華低頭看了自己的胸口以後，頓時滿臉通紅。

她本人似乎沒有自覺，但因為穿了淺蔥那套小一號的泳裝，讓乳溝變得非常誇張。只要她一駝背，雙峰間的深溝不管怎樣都會映入古城眼裡。

於是，察覺到怎麼回事的紗矢華默默將手伸向背後，撕開掩飾用的報紙並抽出長劍說：

「受……受死吧！我應該趁現在就宰了你！」

「就知道妳會發飆嘛！我明明是好心建議妳！」

「囉嗦，你這色鬼真祖——！」

紗矢華握著長劍往上猛揮，打算一劍劈死古城。綻放銀色冷光的長槍忽然伸到了他們兩人之間。

「兩位，現在是瞎鬧的時候嗎？」

被雪菜用蘊含靜靜殺氣的嗓音一問，古城他們的表情僵住了。

「姬……姬柊？」

「不是啦，雪菜，都……都是那個第四性罪犯害的——」

「話說，我並沒有瞎鬧吧！只有這個女的自己在發飆——」

「——怎麼樣？兩位還有什麼不滿？」

雪菜冷冷瞪了不停找藉口的古城和紗矢華。她那前所未見的光火態度，讓古城他們哆嗦著低頭賠罪了。

「抱……抱歉啦。」

「對不起。」

夠了——雪菜鼓起腮幫子，低頭看了自己連帽衣底下的胸口微微嘆氣。

雪菜會氣成這樣還真稀奇——古城覺得有些不可思議，抬頭看向總算抵達的「魔獸庭園」門口。

庭園四周被通了高壓電的鐵柵和深深運河包圍著，入口閘門是拉下的。那些大概是用來防止魔獸脫逃的設備，不過對外來的入侵者而言同樣頗為棘手。

「也對啦，庭園在這種時間還關著……我們要怎麼進去？」

看了時鐘的古城嘀咕著發問。

古城身為不完美的吸血鬼，幾乎沒有任何像吸血鬼的能力，霧化移動或飛行都辦不到。破柵闖入很容易，但和原本目的無關的破壞行為實在讓人下不了手。而且古城他們也不希望把事情鬧大，以免連累普通職員。

「我帶江口結瞳離開時，是從地下排水道進去的——」

紗矢華也傷腦筋地瞪著鐵柵嘀咕。

「不過，現在那裡不能用了。」

「妳是指久須木幸福企業已經有防備了嗎？」

「不是那樣啦，因為我在逃脫時把排水道口轟爛了……」

紗矢華不小心招出真相，讓雪菜和古城都一臉傻眼地盯著她。儘管她頂著暗殺專家的頭銜，逃脫時卻顯得粗手粗腳。

「紗矢華……」

「妳一副模範生的樣子，做事情卻挺馬虎的耶。」

「不是啦！我被那個女六刃襲擊，情非得已……不是你們想的那樣啦！」

古城對紗矢華強調自己無辜的那些話充耳不聞，慵懶地搔了搔頭。

「哎，冷靜想想，擅闖私人企業的研究所，又把船開走……即使不是煌坂也一樣算犯罪嘛。有人報警的話會不會不太妙啊？」

「你說『即使不是我』是什麼意思……？」

被古城認定成罪犯的紗矢華鼓著臉抗議。

當他們一行人耽擱在這裡時，結瞳仍持續朝利維坦接近。古城一邊為此心急一邊說：

「呃，雖然我們一股勁地趕來，但要奪船追人，總覺得必須有個契機當心理準備——」

「受不了，你這男的真小家子氣。你不是沒血沒淚又冷酷無情的吸血鬼真祖嗎？」

「抱歉喔！我不是在夜之帝國稱王的那種大咖，我想要小市民的穩定生活！」

古城朝著損人不講理的紗矢華破口大罵。就在隨後，並非古城的大叫聲從遠處傳來。

「請等一下，學長……『魔獸庭園』的樣子不對……」

雪菜跑向庭園的鐵柵。

異變發生在「魔獸庭園」內部。

排山倒海的地鳴和嚎聲；重量級物體衝撞的聲響；以及人們逃竄的慘叫——

「那些魔獸在作亂……！」

古城發現異變的真面目，心中產生動搖。廣闊的「魔獸庭園」裡處處可見魔獸同時暴動。放養在室外的那幾群自然不提，連飼養在籠子和建築物裡的種族以及戶外水池的海棲魔獸，都完全陷入恐慌了。

待在庭園外的古城等人也確實感受到事態異常。

「牠們是發現利維坦正在接近才這麼害怕——」

紗矢華臉色蒼白地嘀咕。利維坦隨興釋放的強大魔力波動——魔獸們敏感察覺到那股力量，都畏於死亡帶來的恐懼。

「這裡……養了多少頭魔獸啊？」

「三百種，總共兩千兩百頭。」

雪菜嚴肅地回答古城的疑問。那令人絕望的數字讓古城感到頭昏。

「糟糕……要是牠們順勢逃出『魔獸庭園』就應付不完了……」

古城從自己嘀咕的話裡深切感受到事態的嚴重性。

「魔獸庭園」的設計應該能防止魔獸脫逃。

不過，那些基本上都是針對性情凶猛的魔獸。

假如連原本不需擔心會傷害人們的溫和魔獸都陷入恐慌，不惜殞命地一起失控作亂，園內設施就防範不住了。

庭園及研究所內已經到處都有破籠逃出的魔獸開始作亂，好幾個地方冒出火舌。獸籠一破，園內的防範系統被逃脫的魔獸摧毀，讓脫序景象連鎖擴大。

即使不至於三百種魔獸全部逃光，遲早也會有近半數逃到庭園外才對。牠們要是在觀光客擠翻天的遊樂園或游泳池作亂，難以想像會造成多大的損害。光靠「魔獸庭園」的工作人員，絕不可能阻止得了。

「紗矢華，能不能用『煌華麟』？」

雪菜望著獅子王機關的舞威媛手中的銀色長劍問了。

紗矢華的「煌華麟」——「六式重裝降魔弓」是制壓兵器。透過嚆矢編織成的高密度咒語，能夠發動人類不可能唱誦的咒術。靠著那種咒箭的力量，應該也能讓數千頭魔獸同時無力化。

然而，紗矢華露出走投無路的臉色搖頭說：

「鎮壓系的咒箭還有，要讓牠們睡著我想是沒問題。可是這麼廣的範圍實在不可能全部顧到，要是至少能將牠們集中在一處——」

「簡單說，就是讓牠們全部湊到一塊就行了吧……」

古城玩味著紗矢華的話，下定決心似的低聲咕噥。沒有選擇手段的餘地了。深紅血霧伴隨著龐大魔力從他舉到頭上的指尖迸現了。

「曉古城！」

「——迅即到來，『雙角之深緋（Alnas Minium）』！」

古城不管訝異的紗矢華，召喚出身影搖曳如蜃景的巨大眷獸。長著深緋鬃毛的雙角獸，全長超過十公尺的巨大身軀，是由狂暴振動波聚合組成。

頭部突出的雙角如音叉般共鳴，灑下凶猛的振動波。隨後，它的咆吼變成了衝擊波子彈，將「魔獸庭園」的入口粉碎得不留形跡。

「可惡，結果還是變成這樣喔——！」

古城為自己的眷獸所造成的破壞痕跡感到頭痛，進入了「魔獸庭園」。

凌駕利維坦的凶惡魔力出現，使庭園內的魔獸遭遇新的恐慌。

4

「好嘍好嘍，管理員權限，掌控完畢。」

哼著歌敲響鍵盤的淺蔥占領了久須木幸福企業的網路，所用時間不到一分鐘——可是，她的表情顯得不滿。

「比我想的還花時間呢。早知道會遇到這種麻煩，就不帶行動筆電，改帶更有效能的電腦來就好了。而且連線頻寬也完全不夠……摩怪，你那邊怎樣？」

『找到啦，叫「ＬＹＬ」的玩意……可是，妳說這傢伙是第二人格……？』

擔任淺蔥搭檔的輔助人工智慧用了亂有人味的口氣回答。愛挖苦的它，合成語音難得高亢得像是興致勃勃。摩怪察覺到「ＬＹＬ」的真面目，似乎有些興奮。

電腦液晶螢幕上秀出的，是摩怪將「ＬＹＬ」做為人工智慧的效能解析過一遍的結果。

「ＬＹＬ」的ＡＩ強度評分極高，顯示她幾乎能徹底模擬人類的人格。

透過系統內建的魔法裝置，她和江口結瞳的意識連結在一起，還具備了強占結瞳肉體，藉此穩定引導出夢魔力量的功能。到這部分都和淺蔥等人預料的相同。

因此讓淺蔥和摩怪困惑的並不是「ＬＹＬ」本身的性能，而是對構成人工智慧「ＬＹＬ」的數據性質——也就是她的記憶和人格本身感到訝異。

「這算什麼？簡直是……針對人類的惡意聚合體嘛……！」

喉嚨乾渴的淺蔥發出吞嚥聲。

憤怒、憎恨、嫉妒、怨嘆、破壞衝動、自毀心理——構成「ＬＹＬ」的，正是人類所具備的邪惡意念。無論是什麼樣的人，心裡或多或少都有那種念頭。哪怕是年歲尚幼的結瞳，大概也不例外。

有人單單抽取了結瞳內心的邪惡部分，然後將那裝進人工智慧當中。

『咯咯……這玩意夠厲害。喂，有人想將這種東西當成世界最強活體兵器的操控系統啊？那傢伙也太有種了吧？』

摩怪說著，貌似愉快地笑了出來。淺蔥粗魯地撥開蓋在睫毛上的劉海說：

「這樣啊……莉莉絲的靈魂每次傳承都會濃縮這些負面感情……他們只抽取了那個部分，還用電子技術去蕪存菁。」

在淺蔥小聲嘀咕以後，忽然間電腦的喇叭傳出了奇特的說話聲——經電子合成的男性粗嗓音，帶著時代劇調調的不自然日文。

『呵呵……答得漂亮是也，女帝大人。摩怪大人是否也別來無恙？』

「妳……！」

淺蔥怒瞪突然打斷她和摩怪進行語音通訊的ＩＤ，並且不耐煩地咬牙切齒。

「這種見鬼的講話方式……！是妳嗎？麗迪安．蒂諦葉……！『戰車手』，妳為什麼會在這種地方？」

『唔，此言怪矣。容在下將妳說的全數奉還。由於太史局委託，在下已被交付管理這套系統。』

被稱作「戰車手」的聲音主人挑釁地回嘴。麗迪安．蒂諦葉是和淺蔥也有來往的自由程式設計師。她算特別擅長擊退入侵駭客的攔截者，被人工島管理公社聘為非正職人員。

麗迪安經常窩在專用超小型有腳戰車裡，很少人知道她的長相。然而，她的真面目是個年僅十二歲的外國少女，更是總公司設於西歐紐斯特里亞的大型企業「蒂諦葉重工」培育的菁英。

「妳就是『ＬＹＬ』的管理者……！難道這套系統也是妳一手構築出來的？」

淺蔥用含有敵意的語氣問了。只濃縮了夢魔的惡意而誕生的人工智慧。管理那種玩意的，竟是和結瞳同年齡層的少女駭客，這樣的真相讓淺蔥感到憤怒。

『然也——話雖如此，在下準備的只有裝載人格的容器是也。』

「妳應該知道這玩意有多危險吧！」

淺蔥低聲警告。

由惡意聚集成的「ＬＹＬ」要是徹底支配了利維坦，地表恐怕將遭遇摧山攪海的浩劫。這不是當成小孩瞎鬧就能了結的問題。

但是「戰車手」泰然笑道：

『當然明白。然而在下有在下的目的，故如此行事。』

「啥？妳有目的？」

『正是。比方能像這樣和女帝大人正面交鋒，不就是一項難得的體驗乎——？」

「戰車手」具挑戰性的發言讓淺蔥厭煩地搖了頭。

這項事實說起來並不愉快，但淺蔥在部分業界是知名的傳奇性駭客，還被人用「電子女帝」這種見不得世面的丟臉綽號稱呼。

要是能擊退淺蔥，「戰車手」的名號八成會扶搖直上。從「戰車手」的性格來想，說不定她從以前就盼著像這樣和淺蔥認真交手的時機。

「哎喲，真是夠了！就知道事情談到最後會變成這樣……氣死人了……！」

淺蔥粗魯地敲著鍵盤，啟動自製的駭客工具。

雖然說麗迪安·蒂諦葉是年紀較小的小學生，身為駭客的實力仍然如假包換，哪怕是淺蔥也無法保證絕對能贏她。

「怎樣？摩怪？行得通嗎？」

『坦白講，能溜的話我會想溜。妳用的ＰＣ效能太虛啦。』

「沒辦法啊。我又不知道『戰車手』那傻瓜會在這種時候冒出來——！」

淺蔥罵了從沒軟弱成這樣的搭檔。但是摩怪評比得相當中肯。

目前淺蔥手邊只有低效能的行動電腦，和她原本的裝備相差甚遠。儘管淺蔥正透過遙控對人工島管理公社的主電腦下令，通訊時產生的延遲依然要命。

『請放心是也，女帝大人。念於武士之情，在下暫不會報警。將女帝大人存在電腦的青澀詩句散播出去以後，在下就不多追究了。」

「戰車手」像是在同情走投無路的淺蔥，擺出高姿態出口安慰。淺蔥「噫～～」地尖聲大叫：

「我才沒寫那種詩！妳不要擅自捏造別人的興趣！還有，那種話等妳贏我以後再說！」

『唔，從妳這番話聽來——是答應和在下一決勝負了。事情就該如此！』

「唔……！」

被「戰車手」拐著應允的淺蔥無法反駁，退路完全遭到斷絕。

傷腦筋——摩怪傻眼似的在螢幕中搖搖頭說：

『小姐，妳中了小學生的激將法是要怎麼辦啊……』

「煩死了！反正要讓『ＬＹＬ』停擺，就必須設法解決這傢伙嘛——『戰車手』，最後我再問妳一句。」

『何事是也？』

「戰車手」帶著笑意問。淺蔥一邊整理紊亂的呼吸一邊朝耳機通訊組說：

「妳說委託妳工作的不是久須木幸福企業，而是太史局對不對？太史局到底想用那荒謬的系統做什麼？」

『——太史局的目的是摧毀紘神島，當然也包括這座蔚藍樂土。』

「啥？」

「戰車手」的回答超出了淺蔥預料，使她一時間說不出話。

「等一下，太史局是日本政府為了防止魔導災害才設的機關吧？為什麼那些傢伙要讓紘神島沉沒？」

『不知道那些會比較幸福是也。』

「戰車手」語氣當中沒有像是在胡鬧的調調。她們是認真想毀滅紘神島。

淺蔥的電腦液晶螢幕被警告訊息染紅。似乎是身為「ＬＹＬ」管理者的「戰車手」為了驅逐淺蔥這名入侵者而採取行動了。

「什麼！等……等一下，麗迪安！」

『毋須多言，女帝大人——來一決勝負吧！』

「戰車手」冷冷撂話。淺蔥咂嘴並開始防衛戰。

賭上紘神島存亡的一戰，就這樣在無人知道的情況下悄悄揭幕了。

5

純白潛水艇貼近海面，滑行般一路航進。顯示於導航圖的現在位置，是在蔚藍樂土近海十二海里處一帶。附近沒有島影，放眼望去是整片碧藍的海面。

潛水艇的螺旋推進器緩緩停止了。狹窄駕駛艙內充斥著寂靜，只剩水槽冒泡的聲音。

江口結瞳在水槽裡，不對焦的眼睛茫然望著虛空。被「ＬＹＬ」占據人格的她正無止盡地導出世界最強夢魔之力，呼喚著流動於海底的利維坦。

「這裡是『夜鷹』……已抵達和『蛇』接觸的地點。」

坐在駕駛座上的久須木朝通訊器呼叫。從喇叭傳來的是妃崎霧葉冷靜的嗓音。

『一切都按照預定，會長。請直接進入結合步驟。』

「了解。」

久須木深深靠在椅背上，貌似滿足地咕噥。

即使稱之為結合步驟，他也沒有需要做的事。潛水艇「夜鷹」會順勢入侵利維坦體內，直接成為操控世界最強魔獸的一具零件。

眾神時代的活體兵器會讓他隨心所欲地駕馭。

至少在海上，將沒有任何東西能違逆久須木。對身為島國的日本來說，等於所有生命線都被他把持在手中。

當然，久須木並不希求無意義的殺戮或破壞。

他只是想改正現在這個錯誤的世界。

戰爭、暴力、人種歧視、環境汙染——現在的世界有太多問題。當中久須木最不能容許的，就是人類對待魔獸的方式。

在世界上瀕臨絕種危機的魔獸，據說有一萬種或兩萬種。儘管如此，人類卻奪取了牠們的棲息地和食物，不斷進行名為驅逐的屠殺。那般殘忍行徑不該被容許。

應該讓狂妄的人類清醒過來，企求與魔獸和平共存。只要是為了這個崇高的目的，即使死去十億二十億的人類，應該也不成問題。

聖域條約實現了人類和魔族的共存——但是為了實現那項條約，「遺忘戰王」曾在全球引發駭人的戰火及紛亂。靠著堆積無數屍骸，他才讓人類認同了魔族的權利。久須木打算做的，結果就和他一樣。

為了讓魔獸的權利獲得承認，就要展現出世界最強魔獸的力量。

能實踐那項遠景的，只有支配了眾神時代的活體兵器的久須木而已。他就是神為了導正世界所選的王。

於是在身為王的久須木眼前，出現了巨大形影——

「噢噢……」

從他的喉嚨裡發出了感嘆聲。

破海浮出的是群青色巨大怪物。

世界最強魔獸利維坦——太過巨大而無法掌握其正確的全貌。

不過，牠的身影確實和蛇類似。

也許那就是棲息在遠古地球的魚龍，或者傳說之龍。

同時，牠的模樣也像是兵器。呈平滑流線型的胴體亦如最新銳的核能潛艇，半透明鱗片與裝甲別無二致。

大概是歷經數萬年時光的關係，利維坦全身長滿了藤壺，還留著幾道舊傷。那模樣驚心動魄且莊嚴依舊。

「原來如此……這就是利維坦。儼然是眾神創造的最強之獸，實在強猛美麗。妳不這麼覺得嗎？江口結瞳？」

壓抑不住的興奮，讓聲音變調的久須木喚了水槽裡的少女。

目睹利維坦的龐然身軀，大概終於讓久須木實際感受到支配牠的莉莉絲之力是何等驚人。久須木望著結瞳的眼裡浮現出讚嘆的神采。

「妳並不是獻給利維坦的祭品。妳和我一起，獲得了支配牠的權利。為此自豪吧！」

面對久須木自以為是的呼喚，水槽裡的結瞳什麼也不答。

取而代之傳來的是螺旋推進器的啟動聲。純白潛水艇再度開動，逐漸靠近利維坦的巨大身軀。

利維坦上浮的餘波使周遭海面惡浪四起，但潛水艇不顧那些加快了速度。

於是，彷彿要接納靠近的潛水艇，漂浮在海面的利維坦身上冒出裂縫。裂縫裡是深邃空洞，空間本身類似航空母艦的艦載機機庫。

「和妃崎攻魔官說的一樣，利維坦體內有人類能生活的空間……以兵器而言倒是理所當然的設計……」

入侵利維坦體內的久須木一邊感嘆一邊環顧四周。

不久，純白潛水艇就在空洞中間停下了。原本盈滿周圍的海水退去，出現了可供人類呼吸的空間。

潛水艇投光燈照出的空洞直徑約十五公尺，深度大概有兩百公尺以上。將這座空洞當成機庫利用，就能運載大量兵器，將士兵送到全世界的戰場。

然而，目前在利維坦體內的只有久須木。

他自己一個人獨占著世界最強魔獸的力量——

久須木沉浸在孩子氣的全能感當中，硬將他拖回現實的是響遍駕駛艙的刺耳電子音效。

『——確認結合完畢。現在起將啟動「莉琉」。』

電子音效的來源是裝在駕駛艙最後面的「ＬＹＬ」控制模組。灌滿水槽的液體流出，原本漂在當中的江口結瞳揚起嘴角獰笑。

「模組……自己啟動了？」

水槽蓋子當著驚愕的久須木面前緩緩打開，少女纖瘦的指頭從那縫隙間伸了出來。濡濕的劉海底下，有著江口結瞳臉孔的少女笑了。

被稱為世界最強夢魔的少女正帶著邪惡的表情笑著。

「——妃崎攻魔官，怎麼回事？莉莉絲醒來了！」

在本能性的恐懼驅使下，久須木朝著通訊器呼叫。

混有雜訊的電波另一頭，傳來妃崎霧葉苦笑的動靜。

『一切都按照預定喔，久須木會長。我應該說過，現在將啟動「莉琉」。』

「什麼！」

『——妳明白自己接下來該做什麼，對不對？莉琉？』

霧葉呼喚的並非方寸大亂的久須木，而是站在他後面的少女。

莉琉笑著甩了甩濡濕的頭髮。在她背後浮現的，是由魔力編織成的尾巴和翅膀。

「當然啦，霧葉。將那座混帳無比的人工島摧毀掉就行了吧？」

「——說什麼傻話！讓『ＬＹＬ』停下來，妃崎攻魔官！這和講好的不一樣！妳們知道自己正在做什麼嗎！」

久須木口沫橫飛地大罵。可是霧葉的語氣沒有改變。

『當然知道啊，會長。因為這就是我們太史局的目的。』

「妳說什麼……！」

『你策劃用利維坦進行恐怖攻擊一事，我們從最初就明白了。原本的話，防範那種事情於未然是我們的任務，不過這次因故才會利用你的野心。』

「原來，妳從一開始就騙了我……母狐狸！」

久須木臭罵淡然娓娓道來的霧葉。

呀哈——莉琉聽見他那種反應，嘲弄似的笑了。

「我覺得為了達成自己的目的就想把結瞳當祭品的你，沒有資格怪霧葉耶。欸，知道真正的祭品是自己以後，你有什麼感覺？」

「唔……！」

氣得全身發紅的久須木滿眼血絲瞪了莉琉。然而對方是世界最強夢魔，縱使外表長成小學生模樣，憑久須木也不會是對手。

「討厭，什麼表情啊？叔叔，你要哭了嗎？」

莉琉愉悅地看著久須木一無所措，而且屈辱得發抖的臉。

然後，她從久須木手中搶了通訊麥克風說：

「還有，謝謝霧葉實現了結瞳的願望。佯裝冷靜卻一直受良心苛責而痛苦的霧葉，我很喜歡喔。」

對於莉琉充滿惡意的語句，霧葉同樣沒有顯露動搖。

不過，霧葉彷彿有些同情莉琉，語氣落寞而溫柔地告訴她：

『再見了，莉琉……也請會長作個好夢——』

6

「——狻猊之舞伶暨高神真射姬於此誦求。」

紗矢華清晰的聲音劃破「魔獸庭園」裡充斥尖叫及哀號的大氣，迴盪於四周。

她舉著一張銀色西洋弓，將龐大咒力灌入上弦的咒箭，並且拉滿弓弦。

「極光的炎駒、煌華的麒麟，汝統天樂及轟雷，乃披憤焰貫射妖靈冥鬼之器——！」

放出的咒箭捲起隆隆狂渦，飛射向天。

嚆矢呼嘯厲鳴，畫出滿布天邊的不可視魔法陣。從中噴湧出的濃烈瘴氣化為黑霧，灑落在地。

在「魔獸庭園」的廣場一角聚集了幾百頭魔獸。將脫籠逃出的牠們趕到那裡的，是古城那匹長著深緋鬃毛的眷獸。

以強大破壞力為豪的真祖眷獸像一隻追趕羊群的牧羊犬，將魔獸們誘導到了咒箭的效果範圍。

「累……累死人了！」

接連放出數支咒箭的紗矢華精疲力盡地坐到地上。

她所用的是鎮靜系咒術，能讓到處作亂的魔獸麻痺，然後直接熟睡。雖然依魔獸種類不同會有個體差異，最少也能讓牠們睡上半天醒不來。這段時間要將事情收拾好應該夠了。

「勉強度過這關啦……」

呼——古城大聲呼氣，跟著解除了召喚的眷獸。

雪菜卻莫名像在逃避現實似的，目光渙散地點點頭說：

「承受這麼強烈的詛咒，我想難免會有魔獸變得衰弱……不過，關於那部分只好用人命優先作結了。」

「就是啊……為了讓損害降到最小，我們夠努力了啦。對不對？煌坂？」

「我……我才不想和你同調！」

被古城單方面尋求同意的紗矢華瞪了回去，並且氣沖沖地站起來。

「這哪叫最小的損害？要把魔獸趕到同一個地方，你為什麼非得破壞建築物不行啊！」

紗矢華說著指向「魔獸庭園」，園內呈現的是經過轟炸般的慘狀。原本綠意盎然的廣場被挖得坑坑洞洞；水族館的建築物半毀；運河被砂土填滿；入口的閘門則幾乎不留原形。

引起這等災禍的自然就是古城的眷獸。追趕失控魔獸的過程中，他不小心下手太重了。

「沒辦法啊，眷獸威力太強！我也很努力了耶！」

古城拚命反駁用責備眼光看過來的紗矢華。

以結果而言，庭園毀了很令人遺憾，但古城如果沒用眷獸，魔獸在失控之下或許會惹出更大的損害。

「對呀。有學長在，只造成這種程度的損害就了事，反而算是幸運吧？」

硬要說的話語氣像在說服自己的雪菜替古城緩頰。

而紗矢華擔心地緊緊揪住她的雙肩問：

「雪菜，妳被這男的騙了！妳只是因為習慣才知覺麻痺！一般來看，這樣的損害已經非常嚴重了！」

「什麼叫做我騙她！這怎麼想都是緊急狀況吧！」

錯不在我吧——古城主張自己的無辜。

隨後，一陣文靜的嗓音傳來，和爭論得臉紅脖子粗的古城等人形成對比。

「你真是個恐怖程度更勝傳聞的吸血鬼呢，第四真祖……雖說是為了阻止魔獸失控，居然毫不猶豫地摧毀『魔獸庭園』。看來這就是你的本性呢。」

「這才不是我的本性——！」

少血口噴人——古城說著轉向聲音傳來的方向，臉色頓時變得緊繃。

手持雙叉槍站在那裡的，是有著一襲烏黑長髮，身穿黑色制服的少女。

「妃崎——！」

「即使如此，是不是該感謝你呢？畢竟我們並沒有準備好應付失控魔獸的對策。幸虧如此，來島上的遊客才有時間避難。」

「妳說避難……！」

古城等人瞪著霧葉，臉上現出困惑之色。

魔獸失控的問題已經收拾了，應該沒必要再讓蔚藍樂土的遊客避難。至少沒必要逃離那些魔獸——

「沿岸警備隊應該差不多快察覺利維坦接近了。我事先安排過了，他們立刻就會發布勸離的通知。趁港口還沒有一團亂，我建議你們也去避難喔。」

「妳說……利維坦？」

霧葉的話讓古城越發混亂。

她正在警告古城等人要趁利維坦抵達前快逃，態度簡直像從一開始就知道利維坦會撲向這座島。

雪菜抽出銀槍，隨時準備應戰。擺好戰鬥架勢的紗矢華也一樣。

但是霧葉不為所動。她無意交手。何止如此，看起來反倒像由衷為古城等人擔心。

「慢著，為什麼在蔚藍樂土的人非避難不可？這裡有久須木幸福企業的研究所吧？操控利維坦不是也在那裡進行嗎？」

「對呀……所以，那又如何？」

霧葉挑起單邊眉毛反問。古城對她那副從容模樣感到不耐，又問了：

「為什麼久須木會置蔚藍樂土遭遇的風險於不顧？這太奇怪了吧！」

「那是你想錯了喔，第四真祖。」

「咦……？」

「操控利維坦的並非久須木會長，而是莉琉。」

「莉琉？」

霧葉意外的答覆讓古城的思路陷入短瞬停擺。

「等等……莉琉不是用電腦重現出來的結瞳的第二人格嗎？」

「哎呀，那樣理解未必是錯的喔。」

呵呵——霧葉佩服似的微笑。

「江口結瞳的精神裡確實包含了身為莉莉絲所繼承的邪惡部分。不過，那並沒有完整到可以稱為獨立人格。所謂的『ＬＹＬ』，是單單抽取了結瞳心中的惡意，好用來穩定引發出夢魔能力的輔助裝置喔。」

「輔助不完整的人格……呃，結果莉琉現在還是結瞳的一部分嗎？」

古城想起莉琉在別墅說過的話。結瞳光把討厭的事情推給她——莉琉這麼說過。考慮到莉琉是以人工手法創造的第二人格這樣的性質，那麼形容應該也不算錯。

單以結瞳心中邪惡部分構成，人工性質的不完整靈魂。如今那占據了結瞳的身體，進而支配著利維坦。

「只要摧毀久須木幸福企業的電腦，莉琉確實就會消失。雖然那可以想成『只是回歸成結瞳身上的一部分』，不過對莉琉來說卻形同於死喔。」

「明知道會那樣，為什麼莉琉還要攻擊蔚藍樂土？」

古城對沒有交集的對話開始感到焦慮。

據稱操控利維坦的並非久須木，而是莉琉。

這一點倒還無所謂。追根究柢，莉琉就是為了操控利維坦才誕生的道具。

只要不著眼在她是由惡意組成的人工智慧這個問題點上，莉琉控制利維坦行動，並不足以當成異常事態。

可是，她對蔚藍樂土發動攻擊就不合理了。要是利維坦的攻擊摧毀了久須木幸福企業的研究所，莉琉本身也會被消滅。

霧葉興致勃勃地朝疑惑的古城看了一會，不久又像看不下去似的說出答案：

「因為那就是莉琉的心願啊。」

「咦……？」

「從世上徹底消滅。那就是莉琉——不對，那就是江口結瞳的心願。因為覺醒成世界最強夢魔的江口結瞳，為此體驗了太多痛苦的事情。」

怎麼會有那種蠢事——古城嘀咕到一半才忽然回想起來。

那樣是會被所有人討厭的喔——莉琉確實如此說過。原來那是身為莉琉分身的結瞳實際體驗過的事情。

「比如江口結瞳的父母和同學們，現在都還不醒人事地睡在醫院喔。江口結瞳為了保護自己不受他們虐待，讓夢魔能力一發不可收拾才導致那種結果。」

霧葉看古城沉默下來，滿足似的繼續說道：

「江口結瞳因為那件事，肯定非常自責。她應該有過好幾次自殺的念頭，但她不能死。你知道為什麼嗎？」

「……難道……就因為，結瞳是莉莉絲……！」

口中冒出嘀咕的人是雪菜。霧葉對她的回答微微點頭說：

「答對了。江口結瞳一死，她擁有的莉莉絲之力就會被世上某處的另一個適任者繼承。為了不讓和自己相同的不幸在那個人身上重演，江口結瞳無法選擇死。這樣的自我犧牲雖然幼稚，倒也有動人之處呢。」

霧葉說著便垂下視線。儘管語氣冷漠，不過對於結瞳的意志力之強，她應該也用自己的方式表達了敬意。

「不過，假如她是在利維坦的體內喪命就不一樣了。利維坦身為眾神的活體兵器，籠罩著一層強大的魔力障壁。失去肉體的莉莉絲魂魄離不開障壁之外，最後就會被利維坦吸收並消滅。」

「……妳是說，結瞳打算將利維坦當成自己的葬身之地？她從一開始就想尋死，才跑進那種玩意裡面——？」

一股無處可去的怒氣衝上心頭，讓古城聲音顫抖。

我自己會了結這一切——結瞳最後那句話，古城總算也明白是什麼意思了。

她的確想讓事情結束，結束自己的性命，也結束由莉莉絲魂魄造成的永久負面聯動——

「對於那件事，江口結瞳應該並沒有自覺。所以，她才會讓煌坂紗矢華帶著逃離久須木幸福企業。不過莉琉是知道的。莉琉會協助久須木幸福企業，就是為了實現結瞳潛意識中的願望。」

「原來是這樣……所以當時妳才會讓莉琉的人格覺醒，為了將結瞳從別墅帶回去。」

「是啊，就是那樣。因此當時我也說過，自己並沒有意思要和你們鬥。」

霧葉將手裡握的雙叉槍前端指向雪菜，然後露出苦笑。

確實如霧葉所說，她不是結瞳的敵人。霧葉的行動都是為了達成結瞳的心願。

只不過，古城等人能不能接受她那些行動導致的結果，又是另一回事。

「莉琉已經支配利維坦了。然後她為了讓自己——讓『ＬＹＬ』消滅，將會對這座蔚藍樂土發動攻擊。因為『ＬＹＬ』也是江口結瞳想抹殺的自己體內的一部分。」

霧葉說著將視線轉向大海。

還看不見利維坦的身影。可是，巨大活體兵器的存在變成了令人窒息的壓迫感，即使隔著海平線似乎也能清楚感受到。

「萬一『ＬＹＬ』被破壞，之後結瞳會變怎樣？」

「江口結瞳沒有『ＬＹＬ』支援，就無法穩定導出夢魔的力量，要繼續支配利維坦應該有困難。利維坦脫離她的支配，會再回到海底沉睡。要是在絃神島本島遭到損害前，能讓狀況變成那樣就好了。」

「而利維坦依然把結瞳裝在肚子裡嗎……！那怎麼可以！」

古城瞪著擋在眼前的霧葉大吼。既然明白了結瞳的目的，就必須盡早將她帶回來才行，連在這裡花時間和霧葉說話都顯得浪費。

「你想阻止利維坦？對方可是眾神時代的活體兵器喔。」

霧葉一臉傻眼地望著心急的古城問了。

哼——古城撂話似的猙獰地笑著說：

「誰管那麼多。我頂著世界最強吸血鬼的荒謬頭銜，在這種時候要是派不上用場，不就變成大笑話了！」

「是嗎……那麼，我先將這個交給你。」

霧葉從制服口袋裡取出鑰匙圈，然後扔給古城。

古城反射性接下。模樣尋常無奇的鑰匙圈上串著模樣尋常無奇的鑰匙。

「這是……？」

「久須木幸福企業旗下的高速船鑰匙。機庫的門是開著的。」

霧葉不帶情緒地說明。從意外人士手中收到禮物的古城連提防都忘了，只是啞口無言地回望霧葉。

「妳不阻止我？」

「我可沒自負到認為自己能靠硬碰硬擋下第四真祖喔。」

霧葉打趣地說。古城咂嘴回了一句：

「姑且先向妳說聲謝謝是不是比較好？」

「我不期待。雖然能賣人情給第四真祖，感覺也挺愉快就是了。」

「少鬼扯。我們會這麼辛苦，有一半是妳害的吧！」

古城恨恨地說著，將視線轉向「魔獸庭園」內部。按照淺蔥幫忙查的地圖來看，船的機庫就在前面海岬末端。

「請等一下，學長——」

可是，雪菜突然從背後叫住了準備趕路的古城。

和霧葉對峙的雪菜臉上露出了被迫做出艱難選擇的苦惱表情。

「姬柊……？」

「請聽我說，學長。妃崎霧葉將那把鑰匙給你的目的是——」

霧葉望著打算告知某件事的雪菜，臉頰微微變得緊繃。然而……

「——妳走吧，雪菜。」

結果開口打斷雪菜的人是紗矢華。將「煌華麟」變回長劍模樣的她用劍尖指著霧葉。

「可是，紗矢華……！」

「我明白。這裡交給我吧。江口結瞳拜託妳了，絕對要救她——」

短瞬間，雪菜和紗矢華視線交會以後，就將說到一半的話吞了回去。

我明白了——雪菜默默垂下視線，趕到了古城身邊。

「我們走吧，學長。」

「唔……好。」

古城不明所以地點頭，然後追向拔腿奔跑的雪菜後頭。

霧葉和紗矢華面無表情，朝那兩人的背影看了一會。

「真遺憾呢，煌坂紗矢華。如果妳肯一起去，就能替我省下工夫了——」

先露出苦笑的人是霧葉。

她所握的雙叉槍槍尖正如音叉般微幅顫動。霧葉灌入的咒力正透過槍尖共振而增幅。

「妳將船鑰匙交給曉古城，是因為那個男的在這裡發飆，會摧毀掉『ＬＹＬ』而讓妳大感頭痛吧？」

紗矢華環顧半已變成廢墟的「魔獸庭園」，語帶嘆息地問了。

假如古城有意和霧葉一戰，他所召喚的眷獸失控可能就會波及「ＬＹＬ」。霧葉怕的就是這一點。看過這座「魔獸庭園」的慘狀，霧葉打算預防的想法就很好理解。

「江口結瞳憎恨自己，當然也包括身為自己一部分的莉琉。所以她才襲擊這座島，為了消滅『ＬＹＬ』。反過來說，要是其他人先毀了『ＬＹＬ』，她就沒理由襲擊蔚藍樂土了。」

紗矢華說著瞪向久須木幸福企業的研究所。如果目的只是要拯救蔚藍樂土，摧毀「ＬＹＬ」就夠了。

不過要是摧毀了「ＬＹＬ」，利維坦就會回到海底，並永遠失去救出結瞳的機會——所以雪菜才無法向古城說出口。要叫古城用眷獸摧毀「ＬＹＬ」，她說不出口。

霧葉持槍往前跨出一步。

「是啊。所以我才會留在這兒，為了保護『ＬＹＬ』。」

「那麼事情就簡單了。我要打倒妳，然後再去破壞『ＬＹＬ』。」

紗矢華也一樣拉近敵我間距。

最初碰上霧葉時，紗矢華被奇襲擺了一道，但這次她已經了解對手有什麼能耐。條件對等，沒道理輸給同一個對手兩次。

既然紗矢華已經讓古城他們去救結瞳，摧毀「ＬＹＬ」就是她的工作。為此非得在這裡打倒霧葉才行。

「這次我可不會手下留情，舞威媛——」

「說了這種話輸掉就丟臉嘍，六刃神官——」

兩人挖苦彼此，並且拉近間距。

在她們之間流逝的時光彷彿瞬間停止，寂靜降臨。

下個瞬間，化為廢墟的「魔獸庭園」裡，兩人劇烈衝突的咒力轟然雷動。

第五章 制裁之王

Sword Of The Judgement

1

船停在容易認出的地方。塗成白藍兩色、乍看就覺得速度頗快的雙體船，船體比想像中大，全長應該近二十公尺。

附近看不到久須木幸福企業的職員，或許是因為魔獸失控作亂而去避難了。

古城他們沒受到任何人阻擾，輕鬆抵達船的操縱室。

「姬柊妳留在島上。來到這裡，剩下的我一個人處理就夠了。」

古城轉頭告訴跟在後面的雪菜。

照這樣追上結瞳，大有可能和利維坦正面碰頭。

對方是巨大的活體兵器，要是隨便靠近，連軍艦都算不上的民用高速船八成會在瞬間被擊沉。先不管古城具備不死屬性，他總不能讓血肉之軀的雪菜冒那種危險。

然而，雪菜一臉堅決地搖搖頭說：

「我要一起上船，因為我不能讓學長自己去。」

「跟妳說過不行啦！說不定會被世界最強的魔獸攻擊耶！太危險了吧！」

「我是世界最強吸血鬼的監視者喔。」

雪菜莫名得意地抬起下巴表示。呃，就算妳這麼說——在古城如此猶豫時，雪菜又忽然正色告訴他：

「再說要是沒有我，船沉了學長要怎麼辦？你明明就不會游泳。」

「我……我沒說自己不會游泳吧！只是稍微不拿手而已！」

「還有學長要是暈船，有誰能照顧學長？」

「姬柊——！」

古城生氣似的瞪了打趣地對他微笑的雪菜。

雪菜直直回望他，語氣嚴肅地說：

「拜託你，學長，請讓我一起去。」

雪菜一副固執的表情，讓古城的氣勢瞬間弱了半截。被她用格外率真的眼睛盯著，實在讓人承受不起。

「——隨便妳啦，受不了。」

「好的。那就這樣了。」

雪菜望著彷彿拗不過她才別開視線的古城，放心似的露出微笑。

古城拿出裝在防水盒的手機撥給淺蔥。不具任何操船知識的他，要操縱全長二十公尺的高速船實在有困難。這時大概還是只能拜託淺蔥了。

『喂喂喂～～』

過了一會，淺蔥接聽了。她似乎正在忙，口氣聽起來不太從容。電話另一頭聽得見馬不停蹄敲著鍵盤的動靜。

「淺蔥，我到船上了。電源也開啟了。」

『抱歉，古城，我遇到麻煩的傢伙，現在忙不過來啦。總之我會派個引路的過去，剩下的你們就好自為之。』

「唔……喂？」

什麼意思──古城還來不及問，通話就被單方面切斷了。

握著手機杵在原地的古城耳邊傳來「咯咯咯」的奇特笑聲。

顯示在高速船的駕駛座──GPS導航系統畫面上的，是個感覺有些邪惡的布偶型奇特圖示。它占據了船上搭載的自動駕駛裝置，然後擅自啟動引擎。

「我記得你是……和淺蔥搭檔的……」

『我叫摩怪。由於某些因素，這不是我本來的模樣。哎，多指教啦，兩位。』

布偶圖示說著，又嘲弄似的對不知如何反應的古城他們咯咯笑了。

離開棧橋的高速船在港內俐落地調頭，然後乘著飛白浪花開始陣陣加速。和胡鬧的口氣恰好相反，摩怪的駕駛技術似乎意外可靠。

不過這種駕駛方式完全無視燃料費及舒適度。船體劇烈搖晃，冷不防讓古城感到噁心。

在古城設法熬過頭暈不適、航行了十五分鐘左右以後，看著窗外的雪菜「啊」地發出倒抽一口氣的聲音。

「學長，你看那邊——」

「是島嶼……嗎？原本在這個方位有那種玩意嗎？」

雪菜指的方位浮現了一塊漂在海上的群青色物體。隨著高速船接近，物體的形影逐漸大得足以占滿海平線。

雪菜表情僵硬地望著對陌生島嶼感到納悶的古城，並且告訴他：

「不，那大概就是利維坦。」

「……喂，真的假的……？再怎麼說也太大了吧！」

太過超乎現實的感覺，使得古城口中冒出乾笑。

儘管腦袋理解「全長四公里」這樣的數字，實際目睹的衝擊卻超乎預料。即使聽人說那種玩意和自己一樣是生物，也毫無真實感。這並非比喻，雙方體型的差距就像鯨魚和螞蟻，彼此規模差太多了。

而且在利維坦身邊，沒有任何一處能看到疑似載著結瞳等人的潛水艇——

「摩怪，結瞳在哪裡？」

『假如你是問久須木幸福企業的潛水艇，好像跑進那個大塊頭體內了喔。』

「跑進裡面了？我們沒趕上嗎——！」

摩怪淡然的回答讓古城絕望地仰望利維坦的巨軀。

「那你知不知道結瞳在哪裡？不知道她所在位置的話，想在那種怪物的肚子裡找人也沒辦法啦——！」

『咯咯……我哪有可能知道……雖然我想這麼說，不過要鎖定那艘叫做「夜鷹」的潛水艇位置，倒不是沒有辦法。畢竟它和那個「ＬＹＬ」是相連的。』

「對喔，潛水艇會跟研究所進行資料輸送……結瞳也在那裡面吧……！」

『只要她沒被消化掉的話。』

「別說了，你這烏鴉嘴！」

古城瞪著ＧＰＳ導航系統的布偶圖示大罵。

在「夜鷹」裡恐怕搭載了一部分用來構成「ＬＹＬ」的機器。順著系統間的通訊去找，就能判別潛水艇的粗略位置。結瞳也會在那附近才對。

「請你盡可能將船停得離結瞳近一點，摩怪先生。」

像是要替古城表達想法的雪菜說道。

不具潛航功能的高速船無法進入利維坦體內，要救出結瞳，應該只能棄船並爬到利維坦身上了。雖然會失去回蔚藍樂土的移動手段，但也不得已。現在要將趕到結瞳身邊擺第一。

『妳說的倒輕鬆，劍巫小姐。那個大塊頭稍微一動，這艘船可會嘗到傳說級的超級大浪……哎，我試試看啦。』

摩怪用威脅般的口氣說著替船打舵。

船首對準的是漂在海上的利維坦正面。載著結瞳的潛水艇似乎跑進巨軀身上疑似胸口的位置了。

於是利維坦彷彿察覺到古城等人接近，緩緩地動了頭部。

對怪物來說只是微微挪身，然而這一動就讓翻攪的海面捲起了駭浪。高如峭壁的浪頭陸續撲向高速船。

「唔喔……！」

搭上浪頭的高速船浮到半空，擺弄著古城等人。船的機艙部位發出怪異聲響，船體波擺起伏似的變形了，衝擊大得讓人覺得沒翻船簡直是奇蹟。

利維坦落井下石地跟著釋放的，是令大氣扭曲的濃密魔力波動。在近距離內直接挨中那招，讓古城忍不住哀號。雖然沒有直接的痛苦，但感覺就像腦袋裡響起了用指甲刮玻璃的噪音一樣。

「唔……這噁心的感覺是什麼？」

「魔力波動——！利維坦大概是利用波動的迴響在探查四周狀況！」

雪菜一邊機靈地用「雪霞狼」替自己防禦一邊告訴古城。

魔力波動留在耳邊的餘響讓古城皺著臉又問：

「類似海豚用超音波覓食那樣嗎……！」

『咯咯……表示那鬼東西察覺我們接近了不是嗎？』

「——唔！」

摩怪隨口的忠告讓古城和雪菜為之屏息。

利維坦身上要稱為胸鰭仍顯得太過巨大的部位破海浮出了。大如油輪的肉鰭表面開了許多類似鯨魚噴氣孔的深穴，圍繞在旁的群青色鱗片陸續像電子迴路般發光了。魔力的耀眼光輝逐漸蓄積在孔穴內部，宛如裝填巨大的炮彈——

「等一下……那該不會是大炮吧！」

古城發現孔穴裡填充的魔力量超乎常軌，嗓音因而變調。

讓那種玩意發射，古城等人搭的船肯定絲毫招架不住，搞不好連蔚藍樂土都能一炮轟沉。那是不會令最強活體兵器之名蒙羞的凶狠武裝。

而無數的炮門，現在全對著一艘小不隆冬的高速船。

不容閃避的距離。

閃光隨著巨響釋出，大量海水瞬間蒸發，掀起了大規模的水蒸氣爆炸並朝古城等人所搭的船灑下。

像是要迎接那波炮擊，雪菜衝出操船室。

「——『雪霞狼』！」

雪菜站到高速船的船頭，將全副咒力灌入伸出的槍身。

就在下一刻，利維坦的魔彈來臨。

長槍綻放的神格振動波光輝令魔彈的爆炸性魔力失效，斬除了炮轟的威力。連吸血鬼真祖都能誅殺的破魔長槍，足以和眾神時代的活體兵器拮抗。

魔彈的閃光消逝，衝擊波使得高速船的船體晃得一塌糊塗。

不過，船本身沒有大礙。雪菜當機立斷，救了船與古城。

「姬柊！妳沒事吧！」

「是的。勉強算平安……看來牠是將魔力收束再像光束一樣發射出來，威力強得不合常理就是了——」

雪菜單膝跪在甲板上喘不過氣。她獨力擋下了利維坦的炮擊，有所消耗也是難免。

然而，撐過攻擊後還沒空歇息，利維坦就發動了下一波攻勢。有魚苗般的物體從牠沉在海底下的巨軀某處射出。

總數應該超過百條。

眾多魚苗拖著白色的水花軌跡，朝高速船席捲而來，在海面下毫不猶豫地前進，恰似撲向敵艦的魚雷。

即使稱為魚苗，也是和利維坦相較之下的尺寸，個別大小其實和古城他們的船相去無幾。讓那種玩意在極近距離內引爆，不可能會平安無事。

「學長！」

「這次換成魚雷喔——！」

雪菜臉色蒼白地回頭，古城焦急得咬牙切齒。「雪霞狼」只能讓魔力失效，對付具實體的活體魚雷派不上用場。

「可惡——迅即到來，『水精之白鋼（Sadalmelik Albus）』！」

被逼急的古城不得已召喚出眷獸。第四真祖眷獸發散的龐大魔力八成會刺激利維坦——即使古城知道會那樣也別無他法。

古城召喚出來的是身型如水流般剔透的水精靈（Undine）——水妖。上半身呈清麗的女性模樣，下半身則是巨蛇，流洩的髮絲亦為無數水蛇。

它化為凶猛的激流，在海裡加速衝向大群的活體魚雷當中。生有鉤爪的纖手陸續掃過並消滅活體魚雷，由不得牠們爆炸。

水妖的能力是再生與療癒，能讓萬物還原成誕生之前的狀態。那是令一切歸於虛無的破壞性療癒之力。

高速船受那樣的水妖守護，突破了大群活體魚雷朝利維坦靠近。利維坦似乎為此惱火，又施展出新的攻擊。

活體兵器的巨軀向空中發射出眾多藍色形影。

牠們畫出流暢的拋物線，朝海面加速。那光景讓人聯想到原本停在鯨魚背上的海鳥，同時展翅飛翔的模樣。

只不過，飛落海面的並非海鳥。高速射過來的活體飛彈掀起巨大水柱炸開了。

「反艦飛彈？從空中也有攻擊手段嗎！眾神時代的活體兵器設計得太周全了吧！」

不斷飛落的活體飛彈裡似乎裝滿了大量液體炸藥。要是胡亂擊落，濺出的炸藥就會對周遭帶來損害。

話雖如此，古城他們總不能袖手旁觀——

「唔……迅即到來，『甲殼之銀霧』！」

古城召喚了第二匹眷獸。

被銀霧包裹的甲殼獸讓射過來的活體飛彈接二連三霧化消滅了。

即使如此，利維坦仍未停止攻擊。活體魚雷及飛彈不停來襲，就連第四真祖的眷獸也被迫屈居守勢。

再這樣繼續承受集中炮火，被數量擊潰是遲早的問題。

「沒辦法了，混帳！『獅子之黃金』！」

古城又召喚出新的眷獸。

他的目的在於靠主動攻擊來引開利維坦的注意力。哪怕是世界最強魔獸，挨中第四真祖眷獸的攻擊也不可能視若無睹才對。

渾身環繞爆發性電流的雷光巨獅，化為一道閃電撲向利維坦。

霹啪啪啪啪——哀號般的轟鳴聲撕裂大氣，雷光將海面染成黃金色。

以往差點失手將構成紘神島的四座人工島之一燒毀而留下惡名的眷獸。但如果對付利維坦，就算多少失控也不成問題。不必顧忌留手，操控起來反而輕鬆。

青白色閃光籠罩利維坦的巨軀，將長長尾巴的根部燒掉。

群青色的厚厚鱗片碎散掉落海面。

然而，利維坦的行動並沒出現變化。眷獸的攻擊對牠來說彷彿不痛不癢，依然悠悠地浮在海上。

「——沒效果嗎！」

「牠用魔力障壁擋住了……！」

雪菜在愕然嘀咕的古城旁邊冷靜地低聲說道。

「障壁？類似防護罩的玩意嗎……？」

「是的。而且那屬於極為強大的類型。因為學長召喚了第四真祖的眷獸，姑且還能打穿就是了——」

「威力被魔力障壁化解掉，所以沒有將牠的大塊頭全燒光嗎……」

古城微微咂嘴。

挨中眷獸直擊的利維坦表面留下了深度近十公尺的破壞痕跡。換成普通魔獸，光是如此就足以稱為致命傷。然而對利維坦的龐然身軀來說，頂多只比抓傷嚴重一丁點。

「這傢伙……從外側對付，根本沒完沒了。」

古城擺出有些傻眼的表情分析。原本就超乎規格的巨軀，加上牢固的魔力護盾，即使靠核彈也說不準是否能打倒這種對手。

「無論如何，要將結瞳帶回去，還是只能進去牠的體內呢。」

雪菜認栽似的表示同意。

高速船和利維坦的直線距離剩下不到一公里。可是要安安穩穩地讓船一路航向目標，看來並不可能。

「摩怪，結瞳真的在那裡面吧！」

古城朝著ＧＰＳ導航系統的畫面大吼。

邪惡的玩偶圖示亂有人味且不負責任地笑著說：

『咯咯，抱歉。反正舵已經不靈光了，就這樣一直線衝過去吧——！』

摩怪說著又讓船加快速度。暴衝的速度篤定要撞船，但如果不這樣開，也無法跨越利維坦周遭的惡劣海象。

「狻猊之神子暨高神劍巫於此祀求——」

再度站上船頭的雪菜持槍翩翩起舞。

閉上眼的她洞見的是利維坦在四周張開的厚實魔力障壁。要是不設法突破障壁，就不能抵達利維坦那裡。船八成會一頭撞上障壁，瓦解得四分五裂。

「破魔的曙光、雪霞的神狼，速以鋼之神威助我伐滅惡神百鬼——！」

猛然睜眼的雪菜手中銀槍一閃。

她的「雪霞狼」可令魔力失效，更能斬除萬般結界，是獅子王機關的祕藏兵器。連利維坦的無敵魔力障壁也能輕易斬斷，為高速船闢出航道。

「迅即到來，『龍蛇之水銀（Al Meissa Mercury）』！」

古城朝利維坦逼近眼前的巨軀，召喚了第四匹眷獸。

水銀色的雙頭龍是能將所有次元連空間一同吞下的「次元吞噬者（Dimension Eater）」。巨顎咬穿利維坦的堅韌鱗片，打開通往體內的空洞。

於是載著古城等人的高速船挾著滔滔海水，衝進了利維坦體內。

跟丟敵人行蹤的巨大魔獸狂怒般發出咆吼。

簡直像大海本身因憤怒而震盪，世間罕有這般駭人的光景。

2

此時藍羽淺蔥正窩在別墅的女生房間裡，不停敲著鍵盤。

難得沒上妝的亮澤肌膚微微冒了汗，閉緊的嘴角不悅地抽搐著。因為戰況不樂觀。

或許反而該說是敗色濃厚——

『中繼伺服器的防火牆已經被破了喔，小姐。我姑且先灑下病毒防駭，不過頂多只能撐個三十秒吧。』

摩怪用了事不關己的悠哉口氣說明。淺蔥生悶氣地鼓著腮幫子說：

「不愧是『戰車手』，手腳真快。手上的代理伺服器還剩幾台？」

『還剩一萬兩千台。我們這邊的攻擊運算速度壓倒性不足。「戰車手」小妞對紘神島本島的交通管制系統同時發動了大量連線攻擊。』

「她想耗掉摩怪（你）的處理量（Capacity）？用這麼狠的手段！」

「戰車手」不留情的攻擊，讓淺蔥露出焦慮之色。

淺蔥的搭檔摩怪，本尊是人工島管理公社擁有的五座超級電腦，原本的功能在於維護管理紘神島。從電力、自來水、交通管制、垃圾處理到公家機構的空調溫度設定——紘神島身為人工島，要是沒有摩怪就連最基本的都市機能都無法維持。

淺蔥憑著人工島管理公社的非正職人員特權，將摩怪多餘的處理效能偷偷借用於個人目的。反過來說，假如處理效能不夠寬裕，她就無法借用摩怪的助力。

「戰車手」正是明白這一點，才對紘神島的交通管制系統發動攻擊。她想將摩怪的注意力分散到那裡，藉此剝奪淺蔥的戰力。

假如淺蔥還是硬要利用摩怪，紘神島的交通管制就會停擺，最糟的狀況下，連無關的居民也會被捲進事故當中。換句話說，紘神島被拿來當成要脅淺蔥的人質了。對於戰力原本就不足的淺蔥來說，這層障礙實在太大。

『照這樣下去，小姐的丟臉詩句被散播出去也只是遲早的事啦。要怎麼辦？』

幾乎變成了無用擺飾的摩怪不負責任地問了。

淺蔥煩躁地抓亂頭髮說：

「就說我沒有寫什麼詩了嘛……！」

『咯咯，妳年輕時的土氣照片或許會見光喔。』

「不要說我土！雖然和現在比確實有點那個啦……！」

淺蔥一想起認識古城以前，那個樸素黑髮戴眼鏡的自己，就捧著頭「唔呀」地叫了出來。感覺那樣也有口味獨特的族群會喜歡，不過事到如今，淺蔥一概只覺得丟臉。

『差不多有意投降了嗎？女帝大人。慷慨赴死亦為武士的光榮是也。』

「我又不是武士，只是個打工的高中女生啦——！」

淺蔥懶散地反駁「戰車手」給的忠告。

「再說我哪有理由特地放棄贏得了的比賽？」

『到這個節骨眼還虛張聲勢，十足滑稽是也。可見女帝大人是沒有多少男性經驗，還會裝成經驗豐富的模樣撐場面，導致自己說不出真心話的類型乎？』

「讀小學的小朋友少給我講得一副很懂的樣子——！」

淺蔥忍不住紅著臉吼了回去。正因對方沒全然講錯才更讓她火大。

況且，靠正常方式沒勝算也是事實。如果是對付普通駭客倒還不提，現在交手的對象可是麗迪安・蒂諦葉。大企業「蒂諦葉重工」培育的超級菁英，且為了實測有腳戰車才被派遣

到紘神島的天才少女——

對了——淺蔥愉悅地揚起嘴角。

「摩怪，你可以把剩下的代理伺服器全部拿去當誘餌，撐過一分三十秒就好。」

『咯咯……妳總算恢復「本色」啦？小姐。』

摩怪似乎讀出淺蔥的心思般笑了。如果只需專心防守，即使是目前處理能力被剝奪大半的摩怪也應付得來。

『事到如今才想鞏固防線也沒用是也。在下會直接圍剿女帝大——』

嘆氣的「戰車手」似乎對淺蔥他們不死心的態度感到失望，準備要發動最後攻擊。然而從她口中冒出的，卻是「哎呀」這樣的驚愕之語。

占滿淺蔥電腦螢幕上的警告標示忽然像退潮一樣消失了。「戰車手」的攻擊停了。不對，應該說是攻擊力被剝奪了——

淺蔥發動的反擊，反過來打破了「戰車手」陣營的防護並癱瘓系統。

失去所有安全防護的「戰車手」已經沒有剩餘的續戰力。現在的她形同手無寸鐵。

『——女……女帝大人這波攻擊，是從紐斯特里亞來的？』

「戰車手」終於發現淺蔥駭入系統的途徑，含糊地叫了一聲。

紐斯特里亞是北海帝國的屬州，位於歐洲大陸西端的都市國家。

那裡是以研發精密機械和兵器為主要產業的小國，同時也是「戰車手」，亦即麗迪安．蒂諦葉的出身地。

此外，淺蔥並未直接攻擊「戰車手」管理的久須木幸福企業研究所，而是刻意透過距離遙遠的紐斯特里亞向她發動攻勢。

「戰車手」尚未察覺那代表什麼。

「唉……這次實在有點慌呢。攔截者的名號果然不假，防衛力真有兩下子。『戰車手』，妳的安全防護要是沒有漏洞，或許連我都會覺得不妙。」

淺蔥在床上伸懶腰並如此說道。那些話讓「戰車手」大感驚慌。即使表現得成熟，她仍是小學生。理應壓倒性占上風的自己就這樣敗陣，她應該到現在還無法接受。

『豈有此理……在下的系統怎麼可能會有脆弱之處……』

「是嗎？」

淺蔥微笑著搖頭。

「妳是蒂諦葉重工引以為豪的菁英兒童吧。像妳搭的笨重有腳戰車，也是蒂諦葉的試造品對不對？」

『……難不成，妳占據了蒂諦葉重工的電腦，把那裡當成攻擊的跳板？對方可是軍事機械製造商吶！』

「比起直接攻擊妳防得滴水不漏的久須木幸福企業伺服器，還是輕鬆多了吧？」

淺蔥若無其事地告訴感到驚愕的「戰車手」。

「戰車手」搭的有腳戰車是蒂諦葉重工的試造品，戰車透過實測得到的數據會定期傳輸回蒂諦葉重工。

淺蔥看準的，就是雙方傳輸資料的專用通訊迴路。

只要占據蒂諦葉重工的電腦，想入侵有腳戰車就容易了。當然，為此淺蔥就非得突破軍事企業蒂諦葉重工的安全防護才行。不過這點小事，對她來說算不上多困難的障礙。

『女帝大人……妳從一開始就不是針對「ＬＹＬ」，而是衝著在下的「膝丸」……！』

「戰車手」用了彷彿已被擊潰的語氣開口。所謂的「膝丸」，大概就是她那輛戰車的名字。還有，那輛「膝丸」目前完全被淺蔥制伏了。「戰車手」何止無法進行駭客行動，就連自己下戰車都辦不到。

「是妳主動來找碴的，別怪我喔。幸虧如此，我可以大大方方地直接進入『ＬＹＬ』了。念在武士之情，我不會散布妳寫的詩。」

掰嘍——淺蔥說完，就切斷了和「戰車手」的對話。

儘管意外的干擾讓淺蔥耽誤到時間，但她還有占據「ＬＹＬ」這項原本的要務。

『咯咯……話說小姐，這套程式是什麼玩意？』

總算取回原來性能的摩怪用了平時那副亂有人味的口氣問道。

摩怪感興趣的是淺蔥攻擊「戰車手」時，用來突破防護的新應用程式。

然而淺蔥嫌礙事似的，一下子就刪掉了那個應用程式。

「啊，那個嗎？我覺得用既有的攻擊演算式會來不及駭入對方系統，才即興弄了一個。我想稍微改良還能再提高廣用性啦。」

『妳把單調的防範工作交給別人，自己在玩這麼有趣的東西喔？』

「抱怨什麼？你就是為此存在的輔助人工智慧吧。」

淺蔥和摩怪從容地拌嘴。那對他們來說，或許是日常生活的一幕。然而「戰車手」——麗迪安·蒂諦葉待在動不了的戰車裡，戰慄地聽著那段對話。

藍羽淺蔥這名少女對於自己擁有的能力究竟有多背離常識這點並沒有自覺。她即興寫出的應用程式，應該有讓世界各國諜報機關搶出人命的價值。而她連這件事都沒發現。

『不會錯是也……女帝大人，妳果然……』

麗迪安·蒂諦葉抱著大腿，貌似難過地咕噥。

可是，她的聲音已經傳不到淺蔥耳裡了。

3

「『霧豹・雙月』——」

令人聯想到音叉的雙叉槍刺出，好似要刳開大氣。

環繞於槍身的是斬斷擬造空間的咒術。它能以咒術重現出空間真正被斬斷時造成的結果，屬於極為高端的術式。那原本是紗矢華的「煌華麟」具備的能力，妃崎霧葉的乙型咒裝雙叉槍複製了那套術式。

「『煌華麟』！」

但是紗矢華並不驚慌，手中銀色長劍一閃而過。

長劍軌跡在虛空中闢出擬造的空間裂縫，製造出無懈可擊的防禦障壁。斬斷空間的效果僅在剎那，但是要防阻霧葉的攻勢已經足夠。

「增幅咒力的乙型咒裝雙叉槍——確實是棘手的武器，不過明白底細後要防就不難。」

「……那對妳的六式重裝降魔弓也是一樣喔，煌坂紗矢華。」

霧葉持槍重整架勢，並冷冷告訴對方：

「不過光這樣就拿來說嘴，妳的器量大小可想而知。式神和咒箭都已經不剩了吧？對第四真祖和魔獸動用咒力而消耗甚鉅的妳，不可能讓身為六刃的我落於下風。」

「感謝妳的忠告——可是，別太小看獅子王機關的舞威媛了。」

霧葉的毒舌讓紗矢華顯露不耐之色，並挖苦似的撂話。

下個瞬間，霧葉腳邊的地面冒出深深裂痕。是「煌華麟」藉斬斷空間使出的反擊。

紗矢華連連揮劍，霧葉只能且退且避。

要是和能連空間一起斬斷的「煌華麟」硬碰硬，霧葉的雙叉槍肯定會斷裂。乙型咒裝雙叉槍的能力終究只是模仿——敵不過本尊。

而且，朝霧葉使招的紗矢華並未留手。

最初見面時，要對手無寸鐵的霧葉揮劍，曾讓紗矢華猶豫。

因為「煌華麟」太強的威力適得其反，紗矢華無法發揮原本的能耐。但是，現在和當時情況並不相同，這關係到造訪蔚藍樂土的眾多人命。

既然霧葉說要保護「ＬＹＬ」，紗矢華就非得打倒她不可。

霧葉似乎被紗矢華那樣的決心逼急了，表情變得嚴肅。

「在江口結瞳自願尋死時，妳的任務就結束了，煌坂紗矢華。妳並沒有理由繼續和我鬥，不是嗎？」

「那可不一定。妳應該還沒達成自己的目的耶。」

紗矢華說著露出了挑釁的笑容。

抹去表情的霧葉停下動作。看來是被說中了。

「用利維坦——用原本該驅逐的魔獸讓蔚藍樂土沉沒，是太史局才會想出的做法。既然如此，在這裡的妳自然也無法全身而退。太史局不惜犧牲珍貴的六刃，也要讓這座島沉沒的理由是什麼？」

紗矢華語氣冷靜地問了。

雖然她至今還無法相信，來到這一步大概也只能承認了。太史局是認真想讓蔚藍樂土沉沒。可是，紗矢華怎麼也想不出他們那麼做的理由。

於是，霧葉或許覺得沒有必要再隱瞞，就乾脆地說出答案。

「太史局的目的，是誅殺藍羽淺蔥——」

啥——紗矢華冒出傻氣的聲音。

「妳說的藍羽淺蔥……咦！就是指藍羽嗎？和曉古城同班的那個美女同學……？」

紗矢華方寸大亂，連不用多提的個人印象都說溜嘴了。

霧葉什麼也沒回答。這陣沉默已道出她所言非假。

「為什麼要殺藍羽……？」

紗矢華的嗓音因困惑而顫抖。

假如被索命的是曉古城，紗矢華大概也不會驚訝。因為那個少年是難保不會讓世界軍事平衡瓦解的第四真祖——世界最強的吸血鬼。

然而藍羽淺蔥只是普通人。為了誅殺她一個人，就毀掉剛落成的人工島，怎麼想也不合算。即使不那麼做，憑霧葉的身手應該隨時都能取她的命。

霧葉只用了一句話回答紗矢華抱持的所有疑問。

「因為藍羽淺蔥，是該隱的巫女。」

「該隱的……巫女……？」

「妳連情敵的真面目都不知道嗎？舞威媛？」

呵——霧葉淺淺地笑了出來。她的毒舌也差不多讓人聽慣了，但現在卻帶著一絲像是由衷同情紗矢華的調調。

恐怕是同情紗矢華會在不情願的狀況下失去朋友——

「不用妳管……等等，妳說誰是誰的情敵？」

「——該隱的巫女本身，遲早會成為『聖殲』的導火線。獅子王機關和人工島管理公社

似乎抱著利用藍羽淺蔥的想法，但是太史局認為那很危險。」

霧葉無視於紗矢華的抗議，繼續說道。

政府內部並非槍口一致——記得這是她告訴紗矢華的話。要利用該隱的巫女？或者將其誅殺？在政府內部的高層攻魔官當中也有意見分歧的狀況，那就是獅子王機關和太史局對立的原因。

「就算這樣，為什麼事情會變成要讓蔚藍樂土沉沒……？」

「因為只要藍羽淺蔥人在絃神島，任何人都殺不了她。」

「……殺不了她？」

霧葉天外飛來一句，讓紗矢華感到疑惑。

即使藍羽淺蔥被人叫做該隱的巫女，她的肉體仍是平凡人，憑太史局六刃的能耐不可能殺不了。

可是，霧葉將槍尖悄悄扎入腳邊的地面說道：

「包含蔚藍樂土在內，這座絃神島是違反自然攝理打造出來的人工都市。對於受大地詛咒的該隱來說，這座島本身就是一座巨大的祭壇。島上的一切都站在她那邊，萬般的巧合與必然都會守護著她。」

「哪有那種事……！」

立刻想反駁的紗矢華想起了之前在報告書上過目的記載。

那是在約一個月前的「賢者靈血（Wiseman's Blood）」當中——據說，藍羽淺蔥曾在曉古城等人眼前一度喪命。然而，之後她立刻復活了——透過古時的大鍊金術師妮娜·亞迪拉德之手復活。

那被當成單純的巧合，沒有人對結果抱持疑問。

不過，也可以想成是那樣的巧合保護了她。

「紘神島是專為該隱的巫女所準備的舞台。只要藍羽淺蔥待在島上，任何人都無法殺她。哪怕是第四真祖，或者動用七式突擊降魔機槍都一樣——」

霧葉不帶感情的說明讓紗矢華打了寒顫。

連能夠弒殺吸血鬼真祖的「雪霞狼」都殺不了——那不就代表藍羽淺蔥是超乎第四真祖的怪物嗎？

「要殺藍羽淺蔥，首先就必須摧毀紘神島。因此太史局訂定了利用利維坦的計畫。幸好操控利維坦所需的道具，久須木幸福企業的會長全幫我們準備了。」

霧葉朝半毀的久須木幸福企業研究所瞥了一眼。

世界最強的夢魔江口結瞳，以及用來引出她力量的「ＬＹＬ」，全是久須木幸福企業張羅來的。

太史局什麼也沒做。他們只用操控世界最強魔獸的夢想，慫恿了一個叫久須木和臣的男

人。等他一死，就什麼證據也不留了。

「所以你們就是那樣利用久須木幸福企業，再把所有罪狀賴在他們身上。」

「我對他感到同情。雖然想到久須木打算利用利維坦做的事情，我也覺得那是理所當然的報應。」

霧葉朝用非難的目光看過來的紗矢華聳了聳肩。

「根本來說，獅子王機關好像也察覺了太史局的計畫。多虧他們將藍羽淺蔥帶來蔚藍樂土，我們才能把絃神島本島從摧毀目標中剔除。要是事情就這樣順利進展，損害應該能降到最低。」

「……很遺憾，那項計畫會失敗喔。」

呼——紗矢華嫌麻煩似的嘆氣。

霧葉不悅地蹙起眉頭。

「為什麼？」

「因為曉古城和雪菜會阻止利維坦，然後把江口結瞳帶回來。還有，我會揍飛妳，讓太史局那些想著無聊主意的幹部全部被撤換掉。」

「妳說起辦不到的事還真趾高氣昂呢。就憑獅子王機關的舞威媛？我殺了妳——！」

在霧葉說完驚心的台詞以前，手中長槍已經凌厲探出。

紗矢華向右縱身閃避，霧葉預測到了她的舉動。六刃的靈視。和獅子王機關的劍巫一樣，霧葉能洞穿片刻後的未來。霧葉的攻擊避無可避。

然而，紗矢華卻躲開了理應躲不掉的攻擊。她比霧葉洞見的未來動得更快——

「辰星／歲刑！」

紗矢華的踢腿掃向霧葉。

霧葉用槍柄擋下。然而踢腿的爆發性威力將防禦的霧葉整個踹飛了。

「什……！」

手腕的麻痺感讓霧葉驚呼。紗矢華身高得天獨厚，但是和肌肉型體格仍相差甚遠。苗條的她出腿，威力理應不足以壓倒霧葉。

「這種速度……！體能強化咒（Physical Enchant）？威力怎麼可能這麼強——」

「獅子王機關的舞威媛是詛咒和暗殺的專家喔，當然也熟知對自己下詛咒的方式。」

紗矢華說得並不特別自豪。

透過咒力，讓自身的反應速度和肌力暫時性增幅的體能強化咒，是大多數攻魔師都會使用的基本技術。

然而紗矢華使出的體能強化增幅率，遠遠超出霧葉所知的極限值。

紗矢華用了只要掌控稍微出錯就會直通自滅的危險詛咒來束縛自己。非得由身為詛咒專

家的舞威媛，才能辦到這種不合常識的戰術。

「妳想說自己身手比六刃的靈視更快嗎——？煌坂紗矢華！」

霧葉的反擊無法命中。縱使看得見未來，她還是跟不上紗矢華的速度。然而還不只如此

——紗矢華冷冷地搖頭告訴她：

「妳被雪菜重創的傷勢還在吧？妃崎霧葉。對付現在的妳，比一百場的話我能贏一百場。況且，差不多也該見效了不是嗎？」

「——唔！」

霧葉的長槍脫手了。她望著自己忽然失去握力的右手，露出愕然之色。麻痺不只是因為挨中紗矢華的踢腿。

事先施加在霧葉右手的詛咒，在紗矢華號令下生效了。

「束縛術式……什麼時候下的？明明……我並沒有碰到妳！」

獅子王機關的舞威媛是詛咒及暗殺的專家——知道這一點的霧葉始終絕不和她接觸。紗矢華理應沒機會對霧葉下咒。

「對呀。妳是沒有直接碰到我。」

紗矢華說著將銀色長劍插入地面。霧葉看了她的舉動，微微倒抽一口氣。

「感染咒術！妳從一開始就在六式重裝降魔弓的握柄下了詛咒？」

霧葉沒有接觸到紗矢華，可是她曾握過紗矢華的劍，紗矢華的詛咒在那個階段就已經成立了。假如紗矢華拿出真本事，在那時應該就能咒殺霧葉。當時被放水的其實是霧葉。

這項事實嚴重傷害了霧葉的自尊——

「黑雷——！」

霧葉催生全身剩下的所有咒力，縱身一躍。會用體能強化咒的不只有紗矢華，霧葉將肌力和反應速度增幅到極限以上，施展出殺招。她的體能已經和紗矢華平分秋色，就算右臂不能用，只要進入肉搏戰，身為六刃的霧葉就穩操勝算——

「填星／歲破！」

然而，紗矢華連離手的長劍都不拿，就反過來鑽到霧葉跟前，並朝人體要害使出零距離的一擊。行動速度已超出極限的霧葉防不了她的攻擊。

「八將神法……獅子王機關的無音暗殺術……！」

橫膈膜遭痛擊的霧葉擠出聽似痛苦的嗓音。

「妳以為靠肉搏戰就贏得了舞威媛？我可是暗殺的專家喔。」

紗矢華無奈地發出嘆息。

實際上，她和霧葉的戰鬥能力相去無幾。霧葉確實還帶著雪菜造成的傷勢，但是紗矢華消耗得更嚴重，而且舞威媛的體能強化咒並不是能長時間使用的方便玩意。紗矢華亮給霧葉看的優勢全屬故弄玄虛，那是她用於心計的材料。

但紗矢華如此故弄玄虛，成功將霧葉逼急，打亂了她原本的步調。

霧葉屬於對付魔獸的專家，紗矢華則是暗殺者——

故弄玄虛對魔獸不管用，但是心計在人身上就會起作用。紗矢華面對霧葉正是贏在這一點，關鍵只在是否碰過能用心計對付的敵人。

「看來低估妳確實是敗筆呢，煌坂紗矢華。不過，太遲了。事到如今就算摧毀『ＬＹＬ』，也阻止不了利維坦的攻擊喔——」

體認自己落敗的霧葉說著，硬是露出了微笑。

或許吧——紗矢華縮起肩膀。

在海平線另一端，開始微微浮現利維坦的巨大形影。就算現在立刻將「ＬＹＬ」摧毀，那頭怪物也不一定會放過蔚藍樂土。

「能和妳交手我很愉快，煌坂紗矢華。謝謝妳阻止我——」

霧葉最後留下這句話，隨即暈了過去。

雖說是為了任務，要奪走眾多無關人們的性命，或許她也有她的苦處。霧葉身為屠殺的執行犯，必須目睹蔚藍樂土的最後一刻——從這項重責解放的她臉上有種安祥之色。

對於她那種心滿意足的態度，紗矢華感到有些羨慕地說：

「什麼叫謝謝我啊……妳不要擅自放棄啦！」

紗矢華拖著疲憊的身體走向研究所。

她沒有放棄破壞「ＬＹＬ」。

即使別人說為時已晚，她仍有不能放棄的理由。

紗矢華並不是孤軍奮鬥，古城和雪菜都趕往利維坦那裡了。

和利維坦令人不得不信的強大一樣，紗矢華相信他們絕對會設法。

「……我可是相信你的耶，曉古城……你一定要設法啦！」

紗矢華無意識地摸著自己的頸根嘀咕。她不可能不信那個被她用劍捅穿腹部，卻還是救了她的那個少年。

所以紗矢華不會放棄。她沒有理由放棄。

4

古城等人並沒有花多少時間察覺那個異變。

伴隨減速的感覺，活體兵器體內的規律振動停止了。只剩隨波漂浮般的和緩搖晃——利維坦停止游泳了。

「利維坦……停下來了？」

古城別無用意地抬起頭嘀咕，雪菜也困惑似的環顧四周。

他們在利維坦內部的空洞中。

宛如航空母艦機庫的寬廣空間——

不知是眾神設計成如此或是自行進化而成，但這大概是活體兵器利維坦用來運載護衛自己的小型活體兵器才準備的空間。

然而，目前在空洞中的只有古城和雪菜。

載著他們倆到這裡的高速船，在進入利維坦體內時已經毀了。雙體的船身裂成兩半，處於完全無法航行的狀態。

儘管擁有超凡反射神經的雪菜幾乎毫髮無傷，古城卻全身上下都受了傷，差點沒命。可以的話，他希望能好好休息讓傷勢痊癒，不巧的是他們並沒有那種空閒。

從利維坦的巨軀來看，數十公里遠的蔚藍樂土根本伸手可及。古城他們要趕在世界最強魔獸讓增設人工島沉沒以前，將結瞳帶回去才可以。

正因狀況缺乏餘裕，利維坦突然停下很令人感激，但同時也顯得詭異。搞不懂原因而感到不知所措的古城口袋裡，響起了手機的來電鈴聲。

『古城，聽得見嗎？』

「淺……淺蔥？」

從通訊程式傳來淺蔥的聲音，讓古城有些驚訝。雖然海上沒有遮蔽電波的東西，離陸地也未免太遠了。這應該不是能用手機通話的距離。

『我是用那艘潛水艇「夜鷹」的通訊設備來中繼訊號的。你們那邊好像還算平安嘛。』

「還可以啦——」

古城朝讓人感覺到些微遲延的通訊迴路答話。咬破的嘴唇還有點痛，不過要接電話倒無大礙。既然淺蔥正在利用潛水艇的設備，看來她也順利駭入久須木幸福企業的研究所了。

「妳占據『ＬＹＬ』了吧？淺蔥？」

『勉強成功啦。煌坂好像也抵達久須木幸福企業的研究所了。』

「這樣啊。」

得知紗矢華平安，感覺雪菜放下心了。接連使用咒箭的紗矢華理應消耗甚鉅，但似乎還是確實擊退了霧葉。

如此一來，蔚藍樂土得救的可能性就出現了一絲曙光。剩下的就是由古城他們找出結瞳，並且把人帶回去。

『總之我這邊先讓利維坦安分下來了。不過，這只是用強硬手段騙過「ＬＹＬ」而已，所以可能撐不了太久——效果頂多五分鐘，或者十分鐘。」

淺蔥用了透露出些許焦急的語氣說明。古城臉色更顯嚴肅。

「所以非要在失效以前找出結瞳，然後逃脫才行嘍？」

『要是我這裡壓制不住「ＬＹＬ」，就會請煌坂將系統整個摧毀。那樣利維坦應該就沒有理由攻擊蔚藍樂土了。』

「我明白了。就那樣做吧——」

交給妳了——訊號在古城說完以前中斷，連線也就斷了。淺蔥大概為了操控「ＬＹＬ」而焦頭爛額，沒有多餘的心思放在通話上面。

「走吧，姬柊。沒時間了。」

「好。」

古城拖著疼痛的身體踏出腳步，雪菜也沒多做反駁地跟了上去。要在五分鐘以內將事情收拾好，利維坦內部顯得實在太寬，連花時間關心古城的傷勢都嫌浪費。

「我把牠想像得更有血有肉，不過看起來真的是兵器呢——」

雪菜踩在材質硬得像裝甲板的內壁說道。利維坦體內雖然陰暗，但身為吸血鬼的古城在夜裡眼睛一樣靈。會使用靈視的雪菜似乎也沒有問題。

實際上，利維坦內部與其說是單純的生物，感覺更接近於跑車的引擎座，或是有機款式的工業製品。

「沒有腥味算是不幸中的大幸吧。雖然我暫時不會想吃鰻魚。」

古城回想起利維坦猶如巨蛇的全貌，皺起了臉。一想到自己在那個怪物的肚子裡，他內心實在不是滋味。

當他們在彎度和緩的空洞裡走著，就看見了些微光芒。

明顯屬於人工性質的白色光輝，真面目是潛水艇的投光燈。有艘純白的潛水艇以坐鎮於利維坦體內的形式停在那裡。

「學長──」

「嗯……就是那個吧。久須木幸福企業的潛水艇──」

真行耶──古城暗自感謝摩怪正確的引路。

用不著確認刻在船體上的「夜鷹」字樣，潛水艇的底細已經昭然若揭。會闖進這種地方的潛水艇不可能有太多艘。

「學長，裡面有人──」

潛水艇艙門是開著的。身手輕靈得感覺不到體重的雪菜跳上船體，朝裡面探視，然後叫了古城。

倒在裡頭的是個穿著藍色潛水服的中年男性。

他緊閉眼睛的表情看來也像十分畏懼著什麼。

「這個男的就是久須木？該不會……已經死了？」

雪菜對古城的疑問搖搖頭。

「不，他好像睡著了。可是，不確定之後會不會醒——」

「無論如何，放著他不管肯定會死人吧……照這樣下去的話……」

怎麼辦呢——古城摀住眼睛。

他們總不能見死不救，可是沒時間照顧這個男人了。潛水艇裡頭只有他，遍尋不著結瞳的身影。

結瞳會在哪裡——古城想著，將視線掃向四周。

忽然間，從他背後湧出了一股異樣的魔力。

「學長——！」

早一拍反應過來的雪菜打算警告古城。

但是太晚了。撕裂黑暗的漆黑長鞭疾速掃來，在雪菜出聲前已先從死角痛擊古城。

古城還來不及喊痛就飛了出去。

痛擊古城的長鞭真面目是一條長著尖銳前端的尾巴。以魔力編織成的黑色尾巴耀武揚威地高高舉起，嬌小少女現出了身影。

像泳裝一樣緊貼肌膚的薄衣服，背後長著黑色翅膀。
「很痛耶，可惡……！」
古城擦去額頭上沾到的血，仰望坐在潛水艇上的少女。
雪菜持槍跳下，掩護她背後一時無法起身的古城。
然而看向少女的雪菜眼裡只浮現著躊躇。她無法用長槍指著坐在潛水艇上的少女。
因為雪菜他們就是為了將少女帶回去才來的。
「結瞳！」
總算站起來的古城喚了長著黑色尾巴的少女。可是和結瞳有相同臉孔的少女「啊哈」笑著，並挑釁地張開雙臂。
「你以為我是結瞳？可惜。人家是莉琉喔。」
「……妳是莉琉？」
古城愕然望著自稱莉琉的少女。
預料外的事態使得古城的思路理不出頭緒。淺蔥應該抑制著位於久須木幸福企業研究所的「ＬＹＬ」，人工創造的人格「莉琉」不可能還有辦法支配結瞳。
夢魔少女卻嘲弄般低頭看著心生動搖的古城他們說：
「居然追到這種地方來，真是黏人耶。你們沒聽霧葉說過嗎？死在這個怪物體內是結瞳的心願喔。可是你們卻想硬把她帶回去？那樣做對古城先生有什麼好處？你想和結瞳做色色的事嗎？」

「誰要啊——！」

打算靠近少女的古城腳邊迸出了紫色火花。古城察覺到自己遭受槍擊，表情隨之僵凝。

「學長，請你小心！我們被包圍了！」

「妳說什麼——」

聽到雪菜提醒，古城才將視線轉向左右。

跑進視野的是在黑暗中蠢動的大群生物，模樣類似巨大寄居蟹。和機關炮莫名相像的筒狀手臂，取代了原本該有的蟹螯裝在牠們身上。襲擊古城腳邊的，大概就是從那裡發射出來的魔彈。

儘管個體間多少看得出差異，那些生物的全長仍有兩公尺左右。牠們是罩著堅固外殼的小型活體兵器集團。即使只是粗略數過，數量也超過一百隻。

從牆壁和地板湧現的大群活體兵器填滿了理應沒有人的空洞，包圍住古城他們。

「你們以為進來利維坦裡面就安全了？這裡一樣備有武裝喔。」

夢魔少女冷冷說道，像是要趕走古城他們。如果不想死，就立刻留下她離開吧——少女話中之意正是如此。

「人家可以讀別人的心，感覺好煩喔。比如同情和偽善那些的。反正你們也只是想幫助可憐的小孩，好沉浸於自我滿足而已吧？還是說你真的對結瞳抱有遐想呢？討厭，古城先生是戀、童、癖！」

古城面無表情地聽了少女的狂言片刻。

等對方嘴巴停下來，古城才大大地嘆了一口氣撇清。接著他像是要觸怒少女的自尊，故意冷笑著放話：

「誰是戀童癖啊？別亂加奇怪的癖好在別人身上。我對幼兒體型才沒興趣！」

「什……！人……人家才不是幼兒體型！我也稍微有一點——」

古城的挑釁似乎還是傷到了夢魔少女，使她忍不住鬧脾氣回嘴。字字句句之間都能窺見她藏也藏不住的真實面孔。

她那察覺自己失言而摀住嘴巴的模樣，讓古城看得慵懶地露出苦笑。

「果然沒錯，妳居然用差勁的演技唬人。不用再裝了，我們走吧，結瞳。」

「哪……哪有什麼演技——」

古城隨口駁回結瞳拚命想為自己粉飾的反駁。

「莉琉才不會叫我『古城先生』啦。」

噫——結瞳察覺再演也沒用，喉嚨一陣顫抖。

湧出的淚水讓她目光蕩漾。她咬著嘴唇拚命忍住不哭，聲音沙啞地開口：

「這是……為什麼……？」

翅膀從她背後消失了，尾巴遲了一會也跟著不見。

剩下的，只是一個肩膀發抖的柔弱少女。

「你們不是才剛認識我嗎？明明不是家人也不是朋友，還跑來這麼危險的地方接我！根本沒有保證能活著回去耶！」

結瞳用夾雜嗚咽的無助聲音大叫。

如今她接納了莉琉，對一切都已經理解，包括自己是為了求死才來到利維坦體內這一點。只要結瞳死在這裡，受利維坦的魔力障壁阻隔，莉莉絲的魂魄就無法轉世，所以不會再有小孩因莉莉絲之力而變得不幸。

可是，結瞳並不想讓無關的古城和雪菜被捲進這樣的事。

所以她才拚命裝成莉琉，想將古城他們趕回去。

古城明白她的心情，包括安祥的死正是她的心願這一點。

然而古城不認同這種願望。他有不能認同的理由。

「以前，我認識一個和妳很像的人。」

「咦？」

古城突兀的表白讓結瞳困惑似的眨了眨眼。

古城用眺望遠方一般的眼神對著她說：

「那傢伙原本也是普通的女孩子，她很期待和我讀同一間學校。可是她被人強加了世界最強吸血鬼的『受詛魂魄』在身上，就抱著那東西擅自死了，都是為了救我和凪沙——」

然後古城自嘲似的苦笑。

沒錯，所以古城想救結瞳。他總算才剛取回了那麼一小段零碎模糊的「她」的記憶。如冰棘般扎在內心的痛楚記憶，告訴古城要幫忙救結瞳。

「妳說的對，我做的事屬於偽善。我只是想救妳來代替過去救不了的那傢伙，藉此沉浸於自我滿足中！就算這樣我還是要救妳！」

「為什麼——！」

結瞳尖叫得好似哀號。

古城則用大吼蓋過那陣哀號。

「因為妳還沒有幸福到死而無憾，不是嗎！」

「……唔！」

結瞳彷彿對古城的怒吼感到畏懼，因而語塞了。

古城靜靜地朝杵著不動的她伸出手。

「跟我回去，結瞳。不只是我和姬柊，淺蔥、煌坂，還有矢瀨那傢伙大概也在等妳。凪沙她卯足了勁想為妳煮咖哩。昨天的煙火還有剩，游泳池和遊樂園也是非去不可。等回到絃神島，我再拜託那月美眉幫妳找住的地方和學校，所以別擔心。」

「那種事……怎麼可能……辦得到……誰教我……」

結瞳像是在反抗古城的誘惑，拚命搖頭。

吵死了——古城齜牙咧嘴地大吼：

「管他什麼世界最強夢魔還是莉莉絲的，那些都無關緊要。妳接下來到死為止都要過著幸福的一生。假如有人想來搗亂，無論是太史局或利維坦，我都會全部打爛！妳不再孤單了，接下來，是屬於我的戰爭！」

「……古城……先生。」

一瞬間，結瞳露出了看似真的很開心的表情。即使如此，她立刻又搖搖頭。就算古城願意認同她，光是這樣她還是不能和古城一起走——

有另一隻手悄悄地朝結瞳伸了過來。

「不，學長，是『我們的』戰爭才對。」

溫柔地瞇著眼睛的雪菜朝結瞳伸出手。

像是在強調接納結瞳的並不只古城一個人。

「所以和我們一起回去吧，結瞳。」

「雪菜姊姊……」

結瞳眼裡終於盈出淚水。她蹬了潛水艇的艇頂，奔向古城他們。古城和雪菜張開胳臂打算抱住她，霎時間——

「啊啊——！」

結瞳嬌小的身體忽然像觸電似的弓起。

昏倒的她被古城他們有驚無險地抱穩。

「結瞳？可惡，時間到了嗎——！」

古城抱著癱軟動不了的結瞳驚呼。

淺蔥說過她能抑制「ＬＹＬ」的時間，再長也只有十分鐘左右。古城懷疑時限一過，會讓結瞳的人格再次被莉琉占據。

可是不管怎麼等，莉琉都沒有醒來的跡象。

而且就算「ＬＹＬ」重新啟動，結瞳陷入昏迷也顯得很奇怪。

結瞳昏倒的原因或許並不是「ＬＹＬ」重新啟動。那種現象，宛如夢魔原本支配著利維坦的力量逆流到結瞳身上。

「學長，你看那些活體兵器——！」

雪菜彷彿要打斷古城的思路如此大叫。激烈槍響蓋過了她的聲音。雪菜持銀槍一閃而過，想擋下射過來的紫色魔彈。

包圍古城等人的整群小型活體兵器同時有了動作。

之前操控牠們的結瞳昏倒了，莉琉也沒有醒來的跡象。

並非夢魔的某股意志正在操縱這群小型活體兵器。是牠們原本的支配者——

「難道……」

古城低頭看著自己的腳下咕噥。

就在隨後，大氣中充滿了利維坦震怒的狂吼。

5

利維坦發出的怒吼也傳到了絃神島。

「——這股魔力波動是怎麼來的？『ＬＹＬ』復活了嗎？」

對魔力敏銳的紗矢華察覺到那強烈的波動而說不出話。

有如喇叭音箱在耳邊轟然響起的衝擊。

紗矢華人在「魔獸庭園」正中央，久須木幸福企業研究所的最深處。魔力波動輕鬆穿透厚實的混凝牆撲了過來。

被命名為「ＬＹＬ」的巨大機械似乎承受不住那逆流的魔力，迸出了青白色火花。紗矢華只得噤聲。

『煌坂，趕快逃！離開那邊——快一點！』

一直接通的聯絡用手機傳來了淺蔥的聲音。未曾如此驚慌的她，讓紗矢華冒出最糟的預感問道：

「可……可是，不摧毀『ＬＹＬ』嗎！」

『利維坦靠自己的力量，脫離了莉莉絲的心靈支配——』

「咦！」

『不愧是號稱最強的活體兵器……在我們都沒有察覺的時候，利維坦對心靈支配就產生抗性了。現在靠「ＬＹＬ」已經沒辦法阻止牠。』

紗矢華聽出淺蔥話裡的意思，頓時失去血色。

利維坦脫離了夢魔（莉莉絲）的心靈支配，而且牠是本著自身意志得到反抗心靈支配的力量——

「那麼，這股不分目標散播出來的魔力波動是……」

『類似憤怒的咆哮吧。利維坦對之前支配牠的結瞳和「ＬＹＬ」應該已經氣瘋了——』

「別……別開玩笑啦——！」

紗矢華衝出研究所來到建築物外頭，就看到了屹立於海平線上的巨大「龍首」。巨大過頭的魔獸臉上若有所謂的表情，恐怕將是一副氣憤的形貌。

利維坦違抗了夢魔。對世界最強魔獸來說，單方面受到心靈支配肯定是極為不快的體驗，因此牠怒火中燒。而魔獸在脫離心靈支配後，接著會採取的行動是——報復。

浮在海平線上的魔獸背上，有一群類似鳥的群青色物體起飛了。

然而，那些當然不會是無害的鳥群。對方可是眾神時代的活體兵器。

「——難道是飛彈！」

用不著別人說明，那些東西的作用便一目瞭然。

呈拋物線飛落於蔚藍樂土的是巨大的活體飛彈。

數目共一百多發。別說是報復「ＬＹＬ」，毫不留情的火力足以讓蔚藍樂土的一切化為焦土仍遊刃有餘。

「唔，煌……『煌華麟』——！」

沒時間猶豫了。紗矢華舉起銀色西洋弓，將所剩不多的咒箭搭上弦。

可是要對付飛彈，一般弓箭的射程不夠遠。紗矢華所剩的選項只有一種——同時運用「煌華麟」的兩項能力。

利用空間切斷能力創造的空間裂縫，將射出的咒箭一口氣送到數公里遠的海上。這應用了「空隙魔女」南宮那月擅長的空間操控魔法。

本來應為咒箭發射器的「煌華麟」會被賦予切斷空間的異能，其實就是為了實現這種超遠程狙擊。這是舞威媛真正的壓箱絕技，未獲准許便動用肯定要寫悔過書，但現在當然沒空在意那些了。

紗矢華射出的箭利用空間裂縫做瞬間移轉，巨大魔法陣出現在蔚藍樂土近海數公里處。魔法陣噴發出雷與火焰，迎擊大群活體飛彈，爆炸範圍將後頭跟上的飛彈陸續捲入其中。

為了摧毀漏掉的飛彈，紗矢華又放出新的咒箭。但憑她一己之力，那已是極限。飛彈數量實在太多了。

一顆活體飛彈穿過了紗矢華的咒術飛來，精準地射向久須木幸福企業的研究所。

「防不完——！」

紗矢華愣著看向逼近頭上的飛彈，口中冒出絕望之語。「煌華麟」的防禦效果只能持續短瞬，並沒有方便到能撐過飛彈的爆壓及高熱。

然而在命中久須木幸福企業的研究所前，活體飛彈忽然爆炸四散了。

因為從陸地發射的一發戰車炮將撲來的活體飛彈擊落了。

巨大的金屬身影衝過來，像是要從灑落的飛彈碎片及火焰中保護紗矢華。那是一輛尺寸連小客車都不到的超小型有腳戰車。

有腳戰車伸出工作用的機械臂，硬是抱起吃驚的紗矢華。猛一看，它的另一條機械臂還抱著昏厥的妃崎霧葉。

「什……什麼人！」

『在下名喚「戰車手」。乃女帝大人——藍羽淺蔥小姐的朋友是也。』

面對紗矢華聲音顫抖的質疑，「戰車手」用了頗有年代感的語氣回答。

倉皇間，有腳戰車又發射主炮，擊落新的活體飛彈。

『久須木幸福企業的職員已盡數避難完畢，因此在下等人也有意逃跑——不過面對那般龐然大物，能否逃得過實在難說。』

「戰車手」一邊豪邁大笑一邊讓有腳戰車加速。

在踹開瓦礫逃跑的紗矢華等人背後，著彈的活體飛彈終於爆炸，將久須木幸福企業的研究所吞入火海。

6

古城和雪菜帶著昏迷的結瞳逃到了「夜鷹」當中。因為四周被無數小型活體兵器包圍，他們沒有別的地方可逃。

那些寄居蟹型的活體兵器偶爾會回神似的發射紫色魔彈，不過研發做為軍用的潛水艇勉強能撐過那些攻擊。

「這玩意做得還真牢靠。照這樣看來，倒可以再撐一兩個小時——」

古城和雪菜擠在狹窄的駕駛艙裡，沒勁地嘀咕。

由於麻煩接二連三找上門，古城的體力差不多接近極限了。可以的話，他希望直接在這裡休息一陣子。

然而，像是要踐踏古城這樣的一絲希望，雪菜點出事實：

「在學長休息完以前，蔚藍樂土就會被摧毀。最糟的情況下，連絃神島本島也會——」

「也對啦……沒空在這裡蘑菇了。」

可惡——古城無力地吐苦水，並緩緩抬起頭。

大致的狀況都已經從淺蔥捎來的聯絡釐清了。利維坦掙脫結瞳的心靈支配，才會在盛怒下撲向蔚藍樂土——事情據說就是如此。

如果就這麼放著利維坦不管，到最後事情會照著太史局那個女人的計畫走，紗矢華等人的努力將化成泡影。

「既然這大塊頭終究只是一隻魔獸，讓牠受相當程度的傷害應該就會逃回海底吧？」

古城在腦袋裡整理自己所知的利維坦情報，並進行推論。

既然夢魔的心靈支配不管用，剩餘手段就是來硬的了。即使憑第四真祖之力，要徹底摧毀這麼巨大的活體兵器也有困難。不過，如果只需要讓牠受到相當程度的重創，門檻就低了一些。

「說的對呢。雖然利維坦目前氣得發狂，但是牠和人類不一樣，應該不至於冒著危險也要報復。」

雪菜也對古城的意見表示同意。儘管利維坦被創造成活體兵器，卻不算是好戰的魔獸。從牠在幾千年的時光中，都悄悄生活於海底就能得到佐證。

和利維坦交手並將牠趕走——

表達成話語，內容倒是單純得令人不安。不過看起來那似乎就是目前的情況下，古城等人所剩的唯一解決方式。而且能實現這方法的，只有古城具備的第四真祖之力。

雪菜卻有些絕望地垂著肩膀說：

「但是，我們不可能在海上長時間戰鬥。再說學長又不會游泳——」

「就算不是我，也沒有人能在這種有怪物作亂的海裡游泳啦！」

古城貌似內心受傷地回嗆。

實際上，只要動用古城眷獸的力量，要帶著這艘潛水艇一起離開利維坦體內很容易。問題在於離開之後。就算「夜鷹」被打造得再怎麼堅固，也不可能承受得住利維坦的攻擊。挨中一記牠的魔炮，所有人就完了。

如果不在潛水艇被轟沉以前決勝負，古城等人就沒有活路。

「簡單說，只要一擊讓這傢伙受到決定性的傷害就可以了吧？」

「那種事辦得到嗎？至少沒有魔力障壁的話，我想還有希望，可是『雪霞狼』的有效範圍頂多也僅限幾公尺而已。」

「……到頭來，都是因為這傢伙太巨大了啦……」

古城想起最初和利維坦交手時的狀況，忍不住嘆氣。

利維坦的強大魔力障壁，就連古城眷獸的攻擊都能抵擋到某種程度。要一招打穿障壁，讓牠喪失戰意，靠正常方式似乎不可能。

話雖如此，古城也不能直接在利維坦體內召喚眷獸。

畢竟這裡塞滿了為數龐大的活體魚雷、飛彈，以及做為材料的活體炸藥。而且，維持這巨大身軀的魔力總量也不是普通的多。

假如古城的眷獸引爆了那些東西，爆炸的衝擊八成會輕易消滅掉蔚藍樂土。那樣就完全沒意義了。

需要一招就將利維坦逼到無法戰鬥，又能迴避引爆危險性的攻擊。

條件實在太過嚴苛。想來這塊大地上並不會有這麼合用的玩意存在。沒錯，那不存在——在這塊大地上是找不到的。

「對了。或許值得一試。」

「……學長？你有什麼方法嗎？」

雪菜用充滿期待的眼神看向像在自言自語的古城。

古城有些躊躇地點頭。

「嗯。妳可不可以幫我？姬柊？」

「好的。只要是我辦得到的事情，什麼都可以。」

雪菜帶著充滿責任感的表情，毫不猶豫地立刻回答。

古城對她可靠的答覆感到安心，爽朗地笑著說：

「那麼，拜託妳，把衣服脫掉。」

「——什麼？」

雪菜傻眼似的停下動作，短瞬尷尬的沉默降臨。

於是在下個瞬間，古城的視野搖晃了。雪菜隨手揮出的反手拳深深搗在他的側頭部。

「喔喔喔喔喔……」

搖撼腦袋的衝擊讓古城趴在潛水艇牆邊呻吟。

雪菜慌忙朝古城背後伸出手說：

「對……對不起，我不小心就動手了。可是，都是因為學長在這種時候還胡鬧——」

「我才沒胡鬧，我說的是認真的！」

「那樣的話，就更差勁了——！」

雪菜眼神凶悍地瞪了古城。

古城按著作痛的太陽穴，搖搖晃晃地站起來辯解：

「不是那樣。讓我吸妳的血啦。要讓『那傢伙』覺醒，血大概還不夠。畢竟吸煌坂的血時，我的肚子上還開著洞——」

「那傢伙……？啊，是這麼回事喔……」

雪菜總算想通古城的用意，並深深嘆氣。

第四真祖畜養在血液裡的眷獸有十二匹，但是當中認古城為宿主且會聽從召喚的，目前仍不到一半。因為古城只是偶然繼承了第四真祖力量的普通人，以吸血鬼而言極端不完美。

要讓脾氣難伺候的第四真祖眷獸認古城為宿主，非得獻上能讓它們接受的祭品。

換句話說，就是要將強大靈媒的血吸入體內——想掌控眷獸，這是最直截了當的方法。

如果是在獅子王機關擔任劍巫的雪菜的血，當成祭品絕對夠資格。

剩下只要雪菜肯給予古城引發吸血衝動的刺激，就萬事皆備了——

「可是我不要。」

雪菜將連帽衣的領子緊緊拉在一塊，遮住了胸口。

「咦！」

她那意外的反應讓古城很驚慌。

激發吸血衝動的導火線並非食慾，而是性慾——也就是所謂的性亢奮。換句話說，古城如果不是在興奮狀態下，就算想吸血也吸不了。

他們被關在巨大魔獸體內，四周是大群活體兵器。而且身旁有沉睡的小學生，腳邊甚至還躺著陌生大叔。

就算古城和雪菜這樣漂亮的少女擠在狹窄的潛水艇裡，環境條件也太糟了。在這種狀況下要被逼著產生性亢奮，坦白講有其為難之處。

「——呃，姬柊小姐。為了讓眷獸覺醒，您願意幫忙對不對？」

「是啊，因為我承諾過了。學長想吸的話，請自便。」

雪菜莫名冷淡地說完，就轉身背對古城。

冷漠得讓人聯想到倦怠期的情侶。

「既然這樣，妳至少脫掉連帽衣嘛。底下還有泳裝吧？」

「——是啊。可是我不要。」

「為什麼！」

「反正就算看了我穿的泳裝，學長也不會高興。」

雪菜賭氣般說著，還斜眼瞄了古城。

「你說過即使看國中生穿泳裝也不會高興，還說那種東西無所謂。」

「呃……是我嗎？我說過那種話？」

古城困惑地探尋著記憶。雖然想不起具體經過，不過關於雪菜從未如此不配合的理由，他覺得自己差不多懂了。

話雖如此，假如看了自己妹妹和她的同學穿泳裝就歡天喜地，以吸血鬼（人類）而言倒有點問題就是了——

「反正我的水阻小，又不足以引起學長的吸血衝動。」

雪菜自己說完好像受了傷，又把臉別過去。

古城無奈地搔搔頭。即使客觀來看，雪菜仍是長相得天獨厚到犯規的美人胚子，但是她本人好像意外地沒有那方面的自覺。

不過有淺蔥那種顯而易見的美女，或者像紗矢華那樣身材不輸模特兒的人在身邊，雪菜不安的心情多少能讓人理解就是了。

「哎……那樣的話，只好靠手上有的眷獸設法拚一拚了……」

古城放棄說服雪菜，將視線轉向窗外。

老實說，靠目前的戰力要阻止利維坦並不樂觀。假如交戰時不必注意腳邊倒還好，但是在海上戰鬥，對古城而言完全是客場。然而，他們總不能繼續在這種地方瞎耗。

「學長，你這傷口……！」

此時，雪菜在古城背後傳來大大地吞了一口氣的動靜。

她看著古城的背。上面留有好幾道深深的傷痕，T恤被血沾得濕黏。

「啊，這個嗎？坐進潛水艇時稍微掛了彩——」

不是多嚴重的傷啦——古城說著草草搖頭。造成傷口的是「夜鷹」周圍那些小型活體兵器。帶結瞳逃進潛水艇時，古城挨了幾發魔彈。

「難道說，學長是幫結瞳擋下了那些攻擊？為什麼不早點說——！」

「別擔心啦。這種傷立刻就會恢復，重要的是得快點阻止利維坦。」

古城硬是將話題作結。

實際上那並非多嚴重的傷勢，只要古城身體狀況完備，那種傷即使早就癒合也不奇怪。然而今天的他實在流了太多血。

先是被紗矢華用劍貫穿腹部，衝進利維坦當中時內臟又受到重創。加上屢屢使用眷獸，魔力消耗也大。點滴累積的傷害來到這一步，妨礙了古城的痊癒。即使如此，目前並不是在意那些的時候。

「受不了，學長……你真是個無可救藥的吸血鬼耶……」

或許是古城隱瞞傷勢的事太令人傻眼，雪菜帶著苦笑嘆氣。

拉開拉鍊的聲音傳來，感覺得到布料輕輕掉在地上的動靜。

「學長，你可以看這邊了——」

「……咦？」

聽雪菜這麼一說，轉頭看向背後的古城結凍似的停住了。

映入眼簾的，是肌膚剔透白皙的色彩。

纖瘦肩膀、鎖骨凹陷處、含蓄的胸部弧度，和緊實有彈性的腰，再加上大腿根部。雪菜全身上下的肌膚一覽無遺。

「那……那個，被學長認真盯著看，還是會有點不好意思就是了。」

古城凝望的視線讓雪菜害羞地扭身。

那句話總算讓古城回過神來。

雪菜穿在身上的是粉藍色比基尼，仔細一看還附有襯裙，裸露度並沒有第一印象來得高。即使如此，她那平時絕對看不到的模樣仍徹底吸引了古城的目光。

「這套泳裝才剛買，所以只有學長看過而已。」

雪菜語氣緊張。不過，對她看得入迷的古城什麼也沒回答。

古城長時間持續沉默，難免讓雪菜臉色不安地抬起頭問：

「果然很奇怪嗎？」

「不……不會，滿適合妳，我覺得很可愛。」

古城發出沙啞的嗓音，喉嚨渴得讓他無法好好說話。

即使如此，雪菜仍看似開心且羞赧地說：

「呵呵……學長是第一次稱讚別人穿的泳裝呢。」

「唔，對喔。這麼說來，我好像只有對妳講過。」

凪沙自然不提，古城對於淺蔥、紗矢華和結瞳的泳裝似乎都沒特別說過什麼感想，倒是有被罵的印象就是了。

「只對我說過是嗎……這樣啊。」

雪菜莫名滿足地拉近了和古城之間的距離。

不知不覺中，她的心情似乎已經完全轉好了。

雪菜的甜美香味占滿了古城的鼻腔。古城勾到她背後的手摸到了毫無防備的肌膚。涼涼的肌膚觸感十分迷人。

古城眼前是雪菜裸露在外的頸根。

「姬柊……」

他的獠牙咬破並入侵了雪菜柔軟的肌膚。

亮澤鮮血流過雪菜的肌膚。從她唇間冒出呻吟，忍受著疼痛而緊繃的全身放鬆了力氣，輕輕依偎到古城身上。

在只有駕駛艙緊急照明的幽暗當中，兩人的身影交疊不動。

唯有交纏的吐息和體溫靜靜地融合為一——

7

她獨自一個人坐在純白的別墅屋頂上。

給人些許發育未完全印象的十幾歲少女——是曉凪沙。

放下的烏黑秀髮在帶有爆炸煙味的風中搖曳。

或許因為如此，那印象和平時活潑的她全然不同。

現在的凪沙看起來彷彿冷冽得全身罩著冰晶。

瞳孔放大的大眼睛注視著浮在海平線上的巨大身影。

在別墅裡，藍羽淺蔥正埋首於電腦前。引導蔚藍樂土的遊客避難；對沿岸警備隊提出救援申請；警告航行於近海的船隻——這些工作全由淺蔥一個人扛起了。面對利維坦的出現，蔚藍樂土島內並未出現恐慌，有泰半要歸功於她的付出。

真不簡單——曉凪沙獨自嘀咕。

英雄行為的代價就是淺蔥自己錯失了逃難的時機。但是，她大概不覺得那算自我犧牲。她覺得那有必要，所以才會採取行動，如此而已。沒錯，就和過去在異國的「魔族特區」，為了拯救妹妹而奮不顧身擋在槍彈前的那個少年一樣——

若是可以，凪沙想救那個心地高潔的少女。

然而，現在的她沒有足夠的力量逼退那巨大的活體兵器。

就算這樣也不用擔心。

因為有懷念的眷獸再次覺醒過來的跡象。

「這樣啊……下一匹，是你嗎……」

凪沙說著仰望天空。

被眾神時代的活體兵器攪亂的海面上頭，是整片澄澈的藍天。

『舞威媛大人，妳安好乎——！』

「戰車手」將外部喇叭開到最大，情緒激昂地嘶喊。

紗矢華坐在讓人聯想到陸龜龜殼的半球型裝甲上，緊抓著戰車回答：

「不行了。咒箭已經用完，體力也到極限了啦！」

『哈哈哈！理當如此。在下的主炮也用盡彈藥了是也！』

嵌在腳前端的球型輪胎一調頭，有腳戰車加速。

靠著「戰車手」協助，紗矢華已經擊落了近三百枚利維坦的活體飛彈。在這方面來說，她們才是減輕蔚藍樂土損害的真正功臣。

理應受雇於太史局的「戰車手」為什麼會對紗矢華伸出援手——這一點不得而知。恐怕是透過和淺蔥的駭客對決，讓她有了某些想法。

可是，紗矢華她們的武器已經用盡。要用單兵的裝備來對付眾神時代的活體兵器，基本上就沒有道理。

『——下一發要來了是也！』

戰車手轉過主鏡頭大叫。

紗矢華仰望幾乎占滿天空的整群活體飛彈，並且咬緊牙關。

要將蔚藍樂土炸光，那數量綽綽有餘。簡直有如世界末日的光景。

可是，突如其來的閃光和大群活體飛彈一同消滅了。

耀眼奪目的巨大雷霆吞下無數飛彈，使其全部炸毀。

『竟有此絕景！』

「戰車手」發出和緊張感扯不上邊的歡呼。

讓人聯想到大顆煙火的烈焰滿布天空，巨響遲了一拍才湧上。

在爆塵環繞下現身的是電光煥發的雷獅。

「第四真祖的……眷獸！這表示——」

彷彿呼應了紗矢華的嘀咕，利維坦的表面出現小規模爆炸。

衝擊波子彈令厚實的鱗片粉碎。從衝擊波打穿的空隙間被深緋雙角獸轟出利維坦體外的，是一艘傷痕累累的純白潛水艇。

旋轉墜落的潛水艇在掉到海面時掀起了白色水柱。

由於緋色眷獸在利維坦體內散發爆壓，潛水艇「夜鷹」利用反作用力才順勢逃出生天。

衝擊使船體厲聲作響，碎散的投光燈及穩定翼因而脫落。

即使如此潛水艇主體仍然平安。在狹窄駕駛艙裡擠成一團，還變成雪菜等人肉墊的古城跳了起來。

「——沒事吧？姬柊！」

「是的。結瞳也不要緊！」

始終將昏迷的結瞳保護在懷裡的雪菜也拄著銀槍起身。

設計得能承受深海水壓的「夜鷹」船體，也撐得過利維坦以龐大身軀捲起的漩渦。受駭浪擺弄而無法操控的潛水艇，由古城用雙角獸散發的爆壓設法送到了安全距離外。

「拜託再多撐一下！」

古城一邊為吱軋作響的潛水艇操心一邊開啟艙門來到船上。

利維坦正在狂灑活體魚雷及飛彈，不過光比破壞力是古城的眷獸占上風。只要他專注於防守就不用害怕會被輕易擊毀。

問題在於被堅固魔力障壁守護的利維坦巨軀本身。要阻止那樣巨大的質量，即使是古城也沒有辦法。假如被牠徹底壓上來，蔚藍樂土也撐不住。

非得在利維坦抵達增設人工島以前分出勝負才可以。

「……眾神時代的活體兵器……世界最強魔獸嗎……」

古城仰望著群青色怪物咕噥。

彷彿對怎麼打也打不到的飛蟲感到煩躁，利維坦的頭部瞪了古城。

甚至具備莊嚴感的那股魄力，與其稱為魔獸，更令古城陷入一種錯覺，像是在和火山爆發或龍捲風那種無從對抗的大自然天威對峙。

但是要提到對世界的威脅度，古城也相去不遠。

率領著十二匹眷獸的第四真祖同樣是災厄的化身——

「換個方式想，說不定你才是這次最慘的受害者。舒舒服服睡在海底卻被挖起來，還被擅自操控——我也能了解你想大鬧一場的心情啦。」

明知道對方聽不到自己的聲音，古城還是同情似的對利維坦搭話。

接著，古城亮著深紅色眼睛嘶吼出來：

「冒犯到這種地步還想求你原諒，未免想得太美了。所以要恨就恨我吧——利維坦！」

從古城全身上下湧出了貌似漆黑瘴氣的魔力。

兩手高舉的他瞪著頭頂上遙遠的藍天，模樣好比從大地抽出了一把看不見的巨劍。

「繼承『焰光夜伯』血脈之人曉古城，在此解放汝的枷鎖——！」

古城散發的瘴氣令空間扭曲，不久便在虛空中具現出劍的形影。

它位於數千公尺高，用肉眼卻還是能清楚看見形影。那是一把刃長足足超出百公尺的荒謬大劍。

精確來說，那形狀是稱作「三鈷劍」的古代武器，據說曾為眾神揮使的降魔利劍。

「……是活武器（Intelligent Weapon）？制裁之……劍……！」

察覺古城新眷獸真面目的雪菜發出驚愕之語。

雪菜還不知道，那是過去被稱為「原初（Root）的奧蘿菈」的某個少女曾經召喚出來，將部分紘神島擊沉的窮凶惡極之眷獸——

「——迅即到來，第七眷獸，『夜摩之黑劍（Kiffa Ater）』！」

呼應古城的召喚，巨劍開始墜落。

受重力牽引，加速的劍刃為灼熱火焰所覆，其形影正如從天而降的隕石。大氣轟然震動，天空明亮得像是多了新的太陽。

利維坦難免也發覺狀況有異，開始調頭了。

牠想逃離黑劍的墜落地點。

然而，劍的墜落速度在牠離開前加快了。「夜摩之黑劍」並非區區巨劍，本身就是具備意志的眷獸。

它做為眷獸的能力是操控重力。受到高於普通重力好幾倍的力能牽引，加速的劍化為超音速子彈，飛向利維坦的龐然身軀。

「憑你那大塊頭是躲不掉的，抱歉啦，利維坦——」

古城虛弱地微笑，像是在同情最強魔獸。

下個瞬間，劍之眷獸化為一道閃光，貫穿了利維坦的胴體。

眾神時代的活體兵器最傲人的牢靠魔力障壁，面對以壓倒性加速度激發的動能也毫無招架之力。刃長超過百公尺的巨劍徹底貫通利維坦，一口氣穿進海中。

但是「夜摩之黑劍」帶來的破壞並未就此結束。黑劍催發的破壞力，本質在於突刺之後跟著抵達的爆炸性衝擊波。

匹敵隕石的眷獸墜落帶來衝擊，打垮了利維坦的龐然身軀並且分開大海。

壓縮造成的高熱令大量海水蒸發，蒸發不完的水分則在衝擊之下噴湧成高度驚人的水柱。海面如海嘯般隆起，反作用力更捲起直徑達數公里的巨大漩渦。

當然，古城等人也不會沒事。

在利維坦附近直接承受衝擊的「夜鷹」，這回一下子就飛了出去。假如雪菜沒有立刻將古城拖回艇內並關上艙門，肯定會直接沉沒。
「做得太過火了，學長！你想讓蔚藍樂土沉到海裡嗎——！」
劍之眷獸留下的破壞痕跡，讓雪菜臉色蒼白地瞪了古城。
「沒……沒辦法吧，我根本沒有留手的餘裕……！」
古城自己也表情緊繃，汗流個不停。這是他第一次實際召喚劍之眷獸，操控之困難卻遠超乎想像。除了不分目標地大肆破壞以外，想不出這凶猛過頭的眷獸還能有什麼用途。古城下定決心不會再召喚第二次。
看浪濤平靜下來，古城他們才又來到「夜鷹」外頭。
「——解決了嗎？」
古城朝捲著白色漩渦的海面放眼望去，尋找利維坦的身影。
他們一行人搭的潛水艇牢固程度也已經到了極限。厚實玻璃窗裂開，駕駛艙慢慢開始滲水。雖然不會立刻沉沒，但似乎也無法繼續承受戰鬥，讓人希望利維坦可以就這樣離去。
然而，無視於古城的願望，魔獸的巨軀浮上海面。
「——那傢伙還想打嗎！」
古城咬牙切齒地瞪著負傷的利維坦。
魔獸的傷勢不輕，即使照著古城等人的期待直接逃走應該也不奇怪。

但是利維坦還沒有喪失戰意。假如要繼續鬥下去，就表示只有其中一邊命絕才能停。

「不可以，學長！要是再承受一次剛才的攻擊，蔚藍樂土就撐不住了！」

雪菜先一步阻止打算再次召喚眷獸的古城。

事實上，最初攻擊的餘波已經讓蔚藍樂土的海岸受到相當大的損害，要是再挨中相同程度的衝擊，這次很可能會產生致命性損傷。

「可是，再這樣下去——」

古城仰望著發飆的利維坦嘀咕。

萬一負傷的活體兵器打算以命相搏，古城就沒有餘裕留手。彼此的下一招將會定生死。

利維坦應該也打從本能明白這一點。

古城和魔獸一邊蓄力一邊等待發動最後攻擊的時機——

當著他們的面，忽然有個嬌小的身影信步走來。

「什麼！」

「——結瞳！」

古城和雪菜同時大叫。站在潛水艇前端望著利維坦的人，是原本昏迷的結瞳。

她動作生硬地伸出雙手，默默朝巨大的魔獸呼喚。

「住手，結瞳！妳的心靈支配對利維坦已經不管用了，所以快——」

古城察覺結瞳想做的事，急著想阻止她。

再次用夢魔之力支配利維坦，使其回歸海底。

若是能辦到，確實能免去這場毫無意義的戰鬥。

但是那已經不可能了。利維坦身為活體兵器，對夢魔之力有了抗性，絕對不會順從結瞳的支配——

結瞳張開黑色翅膀，只回過頭一次露出微笑，然後就鑽過古城伸出的手躍向空中，並且向著利維坦眼前飛去。沒有翅膀的古城只能茫然目送她。

「不對……學長，這是——」

雪菜望著結瞳的背影細語。

古城也發現她想表達什麼了。

腦中有微微的聲音響起。

聽來彷彿鯨魚呼喚同伴的啼聲。

化為言語前的單純音色，惆悵且溫柔的旋律——

「這是歌……？」

結瞳在唱歌。不對，正確來說那並不是歌，只是她釋放的心靈支配波動在古城等人聽來像歌聲而已。

那陣歌聲應該也有傳達給利維坦。

原本火冒三丈的世界最強魔獸漸漸消怒了。

狂掃的魔力波瀾正逐步和緩。

「她在說服……眾神時代的活體兵器……？」

海面開始起伏。利維坦的群青色巨軀正準備潛入海面底下，行動已經沒有針對古城等人的敵意。魔獸接受了結瞳的說服。

「……別人都說莉莉絲是『夜之魔女』……？」

古城瞇眼仰望結瞳的身影。

或許是說服利維坦讓結瞳用盡了力氣，她背後的翅膀正轉淡消失。結瞳在空中的高度搖搖晃晃地持續下降，在抵達潛水艇以前就掉到海裡了。

抱著救生衣的雪菜跳進海裡迎接結瞳。

她哪裡像啊——古城一邊朝拚命游回來的兩人伸出手一邊嘀咕。

看起來簡直是光之女神嘛——他這麼說了。

終章

Outro

看得見海的小小公園裡，有個女性獨自坐在長椅上。

與其說年輕，不如形容成娃娃臉的嬌小女性。外表年紀看起來只像十一二歲，穿著束帶的豪華禮服，還打了一把小小的陽傘。那紋風不動望著海的模樣，宛如被人遺留下來的別緻洋娃娃。

或許是強風吹過的關係，公園的花圃一片凌亂，簡直像颱風剛過境。

不過海面是平穩的，天空也相當晴朗。

利維坦離去，蔚藍樂土發布的逃難警報也就解除了。儘管修復「魔獸庭園」仍需時間，據說游泳池和遊樂園只要等設施完成檢查，就會重新開始營業。

雖然有三成左右的遊客逃到島外，但剩下的七成留了下來，似乎打算就這樣消磨空閒。光受到魔獸襲擊，動搖不了「魔族特區」居民的日常生活。

哪怕來襲的是世界最強魔獸也一樣。

不久，有另一道人影造訪公園，和打陽傘的女性坐在同一張長椅上。

那是個穿著不太適合度假的樸素長裙的少女，土氣眼鏡和不醒目的髮型，大腿上還捧著一本厚厚的書。

「——久須木幸福企業的社長似乎因恐怖攻擊的嫌疑遭到收押了。」

先開口的是打陽傘的女性。

和人偶般的嬌憐外表正好相反，她的語氣充滿威嚴。

「原本他就是環保恐怖分子的資助者，遭人議論紛紛。既然留了這麼多證據，想脫罪也難。不過他打算操縱的魔獸被處理成尋常無奇的大海蛇（Sea Serpent），倒讓我覺得有點可憐。」

女性說完，像是同情久須木似的露出了苦笑。

利維坦是眾神時代的活體兵器，一種神聖不可侵犯的怪物。雖然牠只是短暫受到人類支配，但事情倘若見光，難保不會有人想重演同樣的戲碼。

所以真相會被封印。

久須木打算用為恐怖攻擊道具的並非利維坦，而是低了好幾個層次的大海蛇——那尋常無奇的魔獸已被特區警備隊驅除，還變成了魚板的材料供大家享用。這就是官方發表的事件概要。

久須木幸福企業將被解散，損傷嚴重的「魔獸庭園」會由和人工島管理公社聲氣相通的企業接手。到頭來，「魔族特區」絃神市不消多少工夫就得到了魔獸的飼育設備，這算是騷動意外帶來的副產物。另外——

「這一次，是被第四真祖救了呢。」

捧著書本的少女也開口了。靜靜嗓音裡帶著笑意。

打陽傘的女性貌似有些傻眼，聳了聳肩說：

「虧妳說得出口。不就是妳硬將他們拖下水的嗎？」

「不這麼做的話，我們差點就要失去了眾多珍貴的手牌。況且以結果來說，蔚藍樂土也獲救了。」

「手牌嗎……牌局的對手是太史局的穩健派？」

哼哼——陽傘女性嗤之以鼻。

指揮少女們的獅子王機關從一開始就了解一切。

包括太史局利用久須木一事，還有其目的在於誅殺藍羽淺蔥。

所以獅子王機關才派舞威媛到久須木幸福企業，設計讓第四真祖和莉莉絲接觸。為了讓損害降到最低，把藍羽淺蔥帶來蔚藍樂土單純是圖個方便。因為他們從一開始就打算讓利維坦和第四真祖互鬥。

無論過程如何，從結果來看，事態都已經照著獅子王機關的盤算了結。

「透過這次事件，我們賣了一個大人情給太史局，政府內的許多政敵應該也會失勢。短期之內，該隱的巫女大概不會像這樣被人盯上。」

「希望如此。可愛的學生被人索命，我心情可不會好——」

陽傘女性用了分不出是開玩笑或認真的語氣說道。
接著她的視線緩緩環繞了一圈，然後看向少女。
「——話說，那傢伙在忙些什麼？」
「那傢伙？」
捧著書本的少女納悶地反問。
陽傘女性歪著嘴，像是被人逼著吃討厭食物的孩子般回答：
「不是有個看到利維坦這樣的強敵，就會興高采烈地跑去叫戰的白痴戰鬥狂嗎？」
「啊，原來如此。」
嘻嘻——少女失笑搖頭。
「那一位目前不在絃神島喔。」
「他不在……？」
「是啊。太史局趁他不在才生事，不知是否為單純的巧合……不過那一位應該也有自己的盤算吧。畢竟他是個隨興的人。」
少女閃爍其詞。
「盤算是嗎……我倒不覺得他會滿不在乎地回領地。」
陽傘女性聽了少女意有所指的話，挑起柳眉。她看似不耐地轉起陽傘，瞪著少女。

「告訴我，獅子王機關。那傢伙在哪裡？」

少女迴避了魔女殺氣騰騰的視線，靜靜地抬起臉。

她撫摸著捧在大腿上的書，將視線轉向遙遠海平線的彼端。

「他在中美第三真祖的夜之帝國——『混沌境域』。」

†

「累……累死了……」

古城揹著沉睡的結瞳，走在蔚藍樂土的步道上。

距離目的地別墅，只剩步行兩三分鐘的路程。對於吸血鬼化的古城來說，結瞳的體重並不算多大的負擔，但是接近正午的強烈陽光實在不好受。

對呀——雪菜表示同意。

雪菜清爽的外表沒有多大改變，不過從她認同得這麼乾脆看來，或許她也消耗了不少。畢竟這是和世界最強魔獸轟轟烈烈大戰過後的歸途，不覺得累才奇怪。

順帶一提，紗矢華由於過度使用咒力變得動不了，據說暫時會在淺蔥朋友的別墅休息。

電話另一頭不停播放的時代劇配樂和疑似戰車的驅動聲雖令人好奇，但古城沒多說什麼就切斷了電話。他犯不著和那種莫名其妙的「朋友」扯上關係。

「不過，幸好只有造成這種程度的損害。而且『魔獸庭園』的那些魔獸似乎都活得好好的，游泳池和遊樂園好像也會正常營業。」

「就是啊……哎，反正絃神島居民已經被颱風之類的災害嚇習慣了嘛……」

古城嘀咕著不知算不算理由的看法，自顧自的感到釋懷。

雖然發生過許多事，但至少這座島平安，而且結瞳也有跟著他們一起回來。現在應該只要這樣就夠令人滿足了。

「不過，今天實在沒心情玩啦……我想在房間裡悠悠哉哉過一整天。」

古城抬頭看著總算接近眼前的白色別墅，安心地鬆了口氣。

所幸古城等人預定住宿的時間還剩一晚。今晚就什麼也不做，懶懶散散地混到隔天早上好了。

古城下定如此消極的決心，雪菜卻一副難以理解的表情看著他問：

「說的也是。不過這樣可以嗎？學長？」

「咦？」

「呃，畢竟……雖然你說不定是忘記了——」

貌似為古城著想的雪菜吞吞吐吐，準備把話說下去。結果——

「啊～～～～！」

伴隨著擾人安寧的尖叫聲，有道人影慌慌張張趕了過來。是凪沙。

「古城哥，你們回來了！原來結瞳也和你們在一起！嚇我一跳～～人家醒來就發現大家都不見了──啊，現在那些都不重要。糟糕了啦，古城哥！時間時間！」

「喂，冷靜點。還有妳在講什麼時間？」

古城冷靜地反問，想讓慌成一團的凪沙鎮定下來。

嗯──在古城背後則有結瞳醒過來的動靜。

她似乎是被凪沙嚷嚷的聲音嚇醒了。此外──

「古……古城！救……救我！」

淺蔥追在凪沙後頭──應該說，她一副像在逃避什麼恐怖的東西似的，朝著古城等人跑了過來。

一向堅強的淺蔥驚慌成這樣，古城也嚇著了。即使得知利維坦接近，淺蔥也沒有方寸大亂。會讓她這麼害怕的事情究竟是什麼？古城不得不提起戒心。

「淺蔥，發生什麼事了……？」

「那個人來了！你……你看那邊！在那裡──」

「……咦？」

古城順著淺蔥指的方向看去，然後就愣住了。

別墅前的停車格停著一輛眼熟的電動車。

缺乏裝飾且清一色白的辦公用座車，副駕駛座的門上畫有「拉達曼亭斯」的店名商標。

站在車旁邊的，是個穿窄裙的年輕女性——在游泳池畔掌管攤子的女店長。

「主……主任！」

「哎呀，曉，你回來啦。我剛好要去接你。歡樂的打工時間到嘍。」

原本和矢瀨閒話家常的主任注意到古城回來，就招了招手要他過去。

沒錯，即使在那麼大的風波過後，蔚藍樂土的游泳池依然要營業。

而游泳池要營業，攤子當然也會開。發現這項事實的古城感到一陣暈眩說了：

「矢……矢瀨——！」

「幹嘛？發生過什麼我不太懂，但我可幫不上忙喔。因為這次旅行的費用，是從你們打工的薪水出的。」

矢瀨忽然被古城喚了名字，困惑似的回了嘴。

他的說詞是正當的。正當無誤。活該的是在打工前被迫對付利維坦的古城等人。然而克服了那般壯烈的死鬥，拯救島嶼換來的代價卻是辛苦的打工差事，未免也太慘了。結果——

「請等一下——！」

有一道清澈的聲音反駁了矢瀨，彷彿要袒護一臉絕望的古城等人。

張開雙臂插入話題的人，是結瞳。

忽然有小學女生插話，矢瀨和主任就不用說了，連古城都吃驚地問：

「結……結瞳？」

「古城先生要和我一起玩，才不可以去工作。」

「……咦？嗯？」

「因為他已經跟我講好，會帶我一起到遊樂園和游泳池。游泳我很拿手，好期待喔！」

結瞳用孩子氣的閃亮眼神仰望古城。

矢瀨和主任遭結瞳敵視，都尷尬地看了古城。

結瞳的央求搶了親妹妹的福利。感覺自己地位受威脅的凪沙嘟噥著擺出對抗架勢。這是怎麼回事——淺蔥則賞了古城一頓白眼。

古城滿臉愕然地回望結瞳問：

「我……我們有講好？」

「有啊。古城先生不是說過，要讓我過幸福的一生嗎？」

「過幸福的……一生……咦！」

古城在混亂之際退了半步。那是什麼話啊——他如此自問。雖然古城記得自己好像說過意思差不多的台詞，但雙方溝通明顯有齟齬。

那聽起來根本就是求婚吧。就算搞錯，也不該對身為小學生的結瞳說那種話。

「我……有那樣說過嗎？」

古城抱著一絲希望，向當時應該也在場的雪菜尋求證詞。

是雪菜的話——是她的話，肯定會幫忙證明古城的清白。理應如此才對，然而——

「學長確實說過照那樣解讀也不算錯的台詞。」

很遺憾——雪菜無情地斷言。古城抱頭大嘆：「怎麼會這樣！」

於是無端蒙受戀童癖之嫌而驚慌失措的古城被結瞳挽住胳臂。

「嘻嘻，我們要永遠在一起。」

她說著便幸福地瞇起眼睛笑了。那表情真的很可愛，讓人不由得希望至少等個五年再來履行諾言。

「古城哥……」

「古城，難道……你真的想……」

凪沙和淺蔥對古城投以充滿不信任感的視線。哎，怎麼說呢？你們要幸福喔——矢瀨不負責任地開口打氣。

古城將視線轉向天空，彷彿要逃避艱苦的現實。

仰望清澄藍天，讓人陷入好似身在深邃水底的錯覺。

「饒了我吧——」

古城嘀咕的聲音也被遙遠的天空吸了進去。

「魔族特區」絃神島的增設人工島，蔚藍樂土——

在擁有樂園之名的這座島上，鬧哄哄的一天似乎還會繼續。

後記

我屬於「比起專程出遠門，更喜歡在家裡滾來滾去」的類型，但我其實會被喜歡旅行的朋友帶著跑，知名的度假勝地也多少去過，比如沖繩、關島、夏威夷之類。而且每次都會碰到淒慘得讓人覺得在耍寶的事情。沒搭上飛機讓人在機場等了半天還算好的，我也遇過颱風直撲當地，到回國當天都出不了飯店的狀況，還有租來的車在長長下坡跑到一半突然剎車不靈而差點送命的經驗。另外我也曾經一抵達目的地的機場，就接到責任編輯打來的國際電話，當同行的人都在玩的時候，只有我孤伶伶地被迫留在旅館寫稿，事到如今也成了不錯的回憶。哈哈哈……

感覺像這樣，在這次的故事裡，倒也不是沒有反映出我對度假的偏頗印象。出外旅行就是會吃到苦頭吧……！

就這樣，已向各位奉上《噬血狂襲》第九集。

和劇情較沉重的上一集相比，這次原本預定要寫成日常&度假為主的一集，不過掀蓋一瞧，也能零星看到滿重要的情報呢。

　當中特別醒目的關鍵詞應該是「魔獸」吧。如同作品中也提到的，牠們和魔族的區別方式並不在於外表是否為人型，而是以能不能和人類溝通（主要透過言語）做基準。有吸血鬼及獸人居住的世界觀，就算出現其他怪獸當然也不奇怪——儘管如此，魔獸之所以在前面集數不太有機會登場，是出於牠們並非「魔族特區」保護對象這樣的因素。況且絃神島身為人工島，本來就沒有原生種的魔獸。無論如何，這次描寫到牠們的存在，希望多少能讓各位感受作品世界的寬廣，還有以結果而言，被揭露出來的這個世界所含的扭曲面。

　另外，雪菜等人在這次穿上泳裝其實好像是頭一遭。由於是以南國島嶼為舞台的作品，過去反而會顧忌感覺太普通，不方便描寫海水浴場或游泳池的場面。唉，可是偶爾像這樣來一段大概也不錯。雖然我覺得似乎都沒人有好好游泳（也沒有好好穿到泳裝），那部分就再另找機會。

　那麼，等這一集發售之際，我想《噬血狂襲》的ＴＶ動畫大概也開播了。在傑出工作人員的眷顧之下，感覺這部動畫有幸成為一部好作品，我身為原作者也從現在就非常期待。對於一直以來支持本作的讀者們來說，內容也會令各位滿足才是。

　此外，還有漫畫版《噬血狂襲》在《月刊COMIC電擊大王》連載。負責改編漫畫的ＴＡ

ＴＥ老師，總是非常謝謝您。請您繼續給予指教！

還有負責插畫的マニャ子老師，這次也受您關照了。我每次看人設草圖都十分期待，這一集包括新角色在內，所有孩子我都很中意。萬分感謝您！

來到最後，我仍要向所有和製作、發行本書（以及在出版日程方面被我添了麻煩）的相關人士致上由衷的謝意。

當然，對於讀完本書的各位讀者，我也要致上最高的謝意。

那麼，希望我們能在下一集再見。

三雲岳斗

Kadokawa Light Novels

我的勇者 1 待續

Kadokawa Fantastic Novels

作者：葵せきな　插畫：Nino

超王道（？）風格輕奇幻作品現在揭幕!!
勇者與他的愉快夥伴們（？）登場!!

在得知哥哥病危而急忙趕往醫院的途中，少年三上徹卻被卡車給撞了。但小徹醒來後，他卻發現自己身在一個奇幻風的異世界，眼前有個詭異的浮遊型毛球生物路烏聲稱是自己的主人，而小徹正是「勇者」！而且他這個勇者還身懷特殊使命……

台灣角川

NT$200/HK$60

國家圖書館出版品預行編目資料

噬血狂襲 9 黑劍巫 / 三雲岳斗作 ; 鄭人彥譯.
--初版. -- 臺北市 : 臺灣角川, 2014.07
面 ; 公分

譯自 : ストライク・ザ・ブラッド 9 黒の剣巫
ISBN 978-986-366-048-4(平裝)

861.57 103010686

Kadokawa
Fantastic
Novels

噬血狂襲 9
黑劍巫

（原著名：ストライク・ザ・ブラッド 9 黒の剣巫）

2014年8月7日　初版第1刷發行

作　　者：三雲岳斗
插　　畫：マニャ子
日版設計：渡邊宏一
譯　　者：鄭人彥

發 行 人：塚本進
總　　監：施性吉
副總編輯：蔡佩芬
主　　編：吳欣怡
文字編輯：孫千棻
美術副總編：黃珮君
美術主編：許景舜
美術編輯：蕭毓潔
印　　務：李明修（主任）、張加恩、黎宇凡、張則蝶
發 行 所：台灣角川股份有限公司
地　　址：105台北市光復北路11巷44號5樓
電　　話：（02）2747-2433
傳　　真：（02）2747-2558
網　　址：http://www.kadokawa.com.tw
劃撥帳戶：台灣角川股份有限公司
劃撥帳號：19487412
法律顧問：寰瀛法律事務所
製　　版：巨茂科技印刷有限公司
ＩＳＢＮ：978-986-366-048-4
香港代理：香港角川有限公司
地　　址：香港新界葵涌興芳路223號
　　　　　新都會廣場第2座17樓 1701-02A室
電　　話：（852）3653-2804